JN009626

三毛猫ホームズと炎の天使

赤川次郎

Akagawa Jiro

KAPPA NOVELS

目次

本文イラストレーション／江《え》原《はら》利《とし》子《こ》

プロローグ

「祈ってもむだだ」

と、男の声が言った。

「だって……」

と、若い女が不満げに、「いいじゃないの、ちっとは効き目があるかもしれないわ」

「どこかにテレパシーで飛んで行くのか？」

と、男が笑って、「大体、今まで祈ったことがあるのか？　神を信じてたのか？」

「そりゃあ……信じたことないけど……」

「困ったときだけ信じられても、神様の方だって面白くないと思うぜ」

すると、少し年輩の女性の声が、

「好きにさせてあげなさいよ」

と言った。「黙ってるより、気が紛《まぎ》れるってものだわ」

「だが、ただでさえ少ない酸素を、もっと減らすだけだ」

「息はしてるんだもの。しゃべってても黙ってても、大して違わないと思うわよ」

少しの間、沈黙があった。そして、

「諦めることはない」

と、やや年老いた印象の男性の声が言った。

「救助が来るかもしれない」

「そんなこと、あるわけないだろ」

と、文句を言い続けている男が言った。「ここに俺たちがいることは、誰も知らない。そうだろ？　誰一人、行先を告げてないんだからな。しかも、ケータイも通じないし、この洞窟《どうくつ》の周辺には一軒も家はない。その辺をうろついてるイノシシが一一〇番でもしてくれりゃ別だがな」

「助けを求めるなら一一九番だろ」

と、若者の声が言った。

「連絡できないのなら同じことだぜ」

「ああ……」

と、祈っていた若い女が言った。「こんな所に来るんじゃなかったわ！　あんたがいけないのよ。私、気が進まなかったのに……」

「嘘《うそ》つけ。お前が言ったんじゃないか。『秘密の洞窟ってすてきね！』って」

「私、そんなこと言わない！」

「言ったよ」

「言わないわよ！　言わない……」

と、抗議の声はかぼそくなって、泣き声になった。「死にたくない……。こんな所で、息ができなくなって死ぬなんて……」

「誰でもそうさ、お嬢さん」

と、高齢の男が落ちついた声で言った。「私は、自分のこともだが、家にいる犬のことが可哀《かわい》そうだ。私が帰らないと、数日で餓《う》えてしまうだろう。誰かが気付いて、エサをやってくれるといいんだが……」

「私の猫も」

と、中年の女性が言った。

そして気を取り直したように、

「でも、私が帰らなかったら、マンションのお隣さんが心配して、きっと見てくれるわ。猫がいるのも知ってるし……」

「やれやれ……」

と言ったのが誰だったのか……。

ともかく、全くの闇の中、どんな人物が何人いるのか、ほとんどお互い分っていなかった。

元はといえば、この洞窟から歩いて十分ほどの温泉ホテルの宿泊客たち。

朝食を終えて、今日帰るという客がロビーに帰り仕度をして集まっていた。ほとんどが一人客で、若い男女だけが恋人同士らしかったが……。

しかし、東京へ帰るための列車が、午後一時過ぎにしかないというので、みんな、

「それまで、どうして時間を潰《つぶ》そうか」

と、考えあぐねていた。

そんなとき、一人が、

「この近くに、なかなか雰囲気のある洞窟があるんですよ」

と言い出した。

それが誰だったか、みんなもう憶《おぼ》えていなかった。ともかく、

「じゃ、行ってみましょう」

と、一人が立ち上ると、次々に、

「それじゃ、時間潰しに」

と、荷物は置いたまま、ホテルを出て来た。

ちょうど朝食の後で、チェックアウトする人で混んでいたので、ホテルの人間に声もかけずに、みんな出て来てしまった。

　確かに、洞窟はなかなか美しかった。

　しかし、観光化されていないので、入口には〈立入禁止〉の札があったのだが、

「まあ、少しなら……」

と、ゾロゾロ入ってしまった。

　そして——そろそろ戻ろうか、としていたとき、地震が来た。

　立っていられないというほどでもなかったのだが、おさまったと思ったら、激しい勢いで天井が崩れて来た。

　幸いけが人はなかったが……。

　洞窟の入口は完全にふさがれ、奥も埋ってしまった。

　光も音も、全く入って来ない。

　必死で呼んでみたり、土砂《どしゃ》をかき出そうとしてみたが、あまりの量に、歯が立たなかったのである。

　全くの闇。——一体何人がいるのかもよく分らない。

「空気が入らないと、窒息《ちっそく》する」

という誰かのひと言で、誰もが沈黙した。

　ケータイの電波ももちろん入らない。

　ケータイやスマホの明りで、足下ぐらいは照らせるが、中がどうなっているのかまでは分らなかった。

「もう……苦しくなって来てないか？」

と、文句の多かった男が言った。

「頭がボーッとして死ぬんじゃない？　酸素が薄くなるわけだから」

「そうなの？　ボーッとして眠るように死ぬのならいいけど、苦しんでのたうち回るなんていやだわ！」

「どうなのかなあ、俺も死んだことないし……」

「遺書を書きたいが、明りも書くものも持ってない」

　と、年寄りらしい男性が言った。

「スマホ、貸しましょうか？　明りになりますよ」

「いや、ありがとう。せっかくの電池だ。大事に使ってくれ」

　少し間があった……。

「ここ、何人いるの？」

　と、中年女性が言った。「数字言っていきましょうよ。私が一……」
二、三、四……と続いて、「七」まで行った。

「七人か……。いい数字だ」

「何がいいんだよ。ちっともよかない」

「まあ、そう言うな。ここに一緒にいるのも、何かの縁だ」

「ろくな縁じゃねえな。俺はいつも大体くじにゃ外れるんだ……」

　それきり、しばらくは沈黙があった。

「私……眠い……」

　と、女の子が言った。「ねえ、抱いてよ……」

「お前、重いからな」

「失礼ね！　私、四十八キロしかないわよ」

「あれ？　いつか四十四キロって言ってなかったか？」

「そうだっけ？　忘れたわ……」

「どっちでもいいけどな」

「うん……。眠いわ……」

やがて、誰もが頭がボーッとして来て、眠りそうになる。

眠いという感覚もないのだ。ただ、何も感じず、何も考えなくなる。

そして……。

誰かが言っているのを、他の全員が聞いた。

告白しなきゃ……。

何だって？　告白？　したけりゃ勝手にしてろよ……。

このままじゃ死ねない……。黙ったままじゃ……。誰かに聞いてほしい……。

もう誰が話しているのかもよく分らなくなっている中で、その「告白」は続いた……。

そして――そのとき、ザーッと砂と石が流れ落ちる音がした。一筋の光が、闇の中へと射《さ》し込んで来た。

「おい！　誰かいるか！」

という声がした。

え？　うるさいな！　こっちはいい気持で眠ってんのによ……。

「誰かいたら、返事してくれ！」

風が吹き込んで来る。

初めに我《われ》に返ったのは、さすが若い女の子だった。

「ねえ、誰か呼んでる！　起きて！　ね、起きてよ！」

と、彼氏を揺さぶってから、「ここにいます！　助けて！」

と、思い切り叫んだ。

隙間《すきま》は徐々に広がり、光が洞窟の中を照らし出した。

「おい！　しっかりしろよ！」

と呼びかける声。「今、助けるぞ！」

「やった！　ね、助かったのよ、私たち！」

「え？　——どうしたって？」

空気が流れ込んで来る。

そして、一人、また一人と、

「おい、夢じゃないのか？」

「助けが来たんだ！　万歳！」

と、声を上げ始めたのである。

1　夢かうつつか

フラッシュが光る。

カメラのシャッターが切られ、ＴＶリポーターたちの手にしたマイクが次々に突きつけられる。

「助けが来たと分ったとき、どんな気持でしたか？」

嬉《うれ》しかったに決ってんだろ！　他にどう言えばいいんだよ！

「いや、もう諦めていたので、信じられないようでした。本当に皆さんのおかげで……」

と、穏やかに言ったのは、七人の中で一番年長の男性だった。

髪が白く、こんな状況でも紳士然《ぜん》として、いかにも裕福そうに見えた。

「あの洞窟へ行こうと思われたのはどうしてですか？」

ただの時間潰しだよ！　見物に行くのに、いちいち理由なんてないさ。

「誰かが『洞窟があるから行ってみよう』って言い出したので……。誰だったかしら？　憶えてないわ」

と、ちょっと首をかしげたのは、五十前後か、髪を赤く染めた女性で、「ね、ここって灰皿ないの？　ホッとしたらタバコ喫《す》いたくなって……」

取材陣に笑いが起る。

ホテルの人が灰皿を持って来てくれて、その女性はタバコを取り出し、火を点《つ》けると、本当においしそうに煙を吐き出した。

「お二人は恋人同士？」

と、女性のリポーターが、しっかり腕を彼に絡《から》めた女の子に訊《き》く。

「ええ！　ずっと彼と離れなかったわ！」

「どうですか、こんな珍しい体験をして、彼との間が変りそう？」

「そんな――」

と、彼が言いかけたが、女の子はかぶせるように、

「そりゃあ、運命的な結びつきを感じました！」

と、弾んだ声を出して、「でも、私、お腹《なか》が空《す》いたわ！」

取材陣がドッと笑った。

ホテルの女性が、

「カレーライスを用意しました」

と言ってくれて、

「わあい！」

と、女の子は飛び上った。

とても「死にかけた」とは思えない元気さで、しかし、全員無事だったという、めでたい空気の中、その姿も微笑《ほほえ》ましいものだった……。

七人がホテルの食堂でカレーを食べていると、

「失礼いたします」

と、ホテルのフロントの男性がやって来た。

そして後ろに立っていた、十代かと見える女の子を、

「この子が、皆さんがお出かけになるのをお見かけしていたのです」

と告げた。

「ほう」

と、老紳士が食べる手を止めた。

女の子はおずおずと一歩前に出て、

「今田《いまだ》秋《あき》と申します」

と、頭を下げた。

「すると、君が私たちのことを通報してくれたのかね?」

と、老紳士は言った。

「はあ……。いえ、私はただ……」

と言いかけて、ちょっと緊張の咳《せき》払いをして、

「あのとき、私、玄関前をお掃除していたのです。夜の間に雨が降って、葉がずいぶん落ちていましたので、竹ぼうきでせっせと玄関前の敷石を掃いていました。そこへ皆様が出て来られて……」

「あなた、いたかしら? 記憶がないわ」

と、髪を染めた中年女性が言った。

「私、玄関脇の植込みの所におりましたので、お目に留まらなかったと思います。お出かけになるのを何となく見送って、そのままお掃除していました。表の掃除が終って、玄関のガラス扉を拭いていると——地震が来たのです」

今田秋はちょっと身震いして、「私、怖くてしゃがんでいました。幸いそうひどくはなくて、ホ

ッとしたのですが、そのときに、何か遠くで地響きのようなものを聞いたような気がしました。でも、気のせいかと思って、そのまま仕事に戻り……」

「午後になってから、お客様方の荷物がロビーに置かれたままになっていることに、ボーイ長が気付いたのです」

と、フロントの男が続けた。「とっくに列車は行ってしまっているし、皆さん、どこへ行かれたんだろう、と初めて騒ぎになりまして……」

「私どもこの付近を手分けして捜しましたが、分らず、どんどん時間が過ぎて行ったのです」

と、今田秋は言った。「そのとき、私、やっと思い出しました。皆様が、町や駅の方でなく、逆の方へ向かわれたことに気付いたのです」

「それで、この子から話を聞いて、でも、その方向には見に行くような場所はないので、お前の思い違いだろうと言ったんです」

「そのとき、あの地響きを思い出したんです。もしかすると、あの洞窟じゃないでしょうかと言いました」

と、今田秋は言った。「私、この町の生れで、あの洞窟のことも知っています。中は崩れやすいので、〈立入禁止〉になっていますが、小さいころはよく遊びに行って、親に叱られたものでした。それで、もしかしたら中に閉じ込められているのかも、と思い……。ホテルの男の人たちが、ここの駐在さんと一緒に洞窟を調べに行ったのです」

「いや、全くありがたかった」

と、老紳士は言った。「あと何時間か遅かったら、みんな窒息して死んでいただろう。君は我々の命の恩人だ」

「とんでもない。もっと早く気付いていれば良かったのですが」

「ぜひ何か礼をさせてくれ。何もしないわけにはいかない。——ねえ、皆さん、そうでしょう？」

他の面々に声をかけると、

「そうですよ」

「全くだ。感謝あるのみですよ」

と、サラリーマンらしい中年男が言って、拍手をした。

他の面々も拍手に加わって、今田秋は顔を真赤《まつか》にして、

「あの……私、仕事がありますので、これで……」

ちょっと頭を下げて、今田秋は行ってしまった。

「——ああ、おいしかった！」

と、やはり若い女の子が真先に食べ終って息をついた。

「ところで、皆様」

と、フロントの男性が言った。「もう暗くなって参ります。もし、今夜東京へ遅くなってもお帰りでしたら、あと一時間で、最後の接続の列車が出ます。お疲れでしょうし、もう一泊されるという方は、お部屋をご用意いたしますが」

七人はちょっと顔を見合せて、

「——私は帰ることにするよ」

と、老紳士が言った。「犬のことも心配だしね」

「私も猫ちゃんに会いたいから帰るわ」

泊るという客はいなかった。

——全員がカレーを食べ終えて、コーヒーを飲みながら、老紳士が言った。

「ふしぎなご縁で、一緒に命拾いをしましたな。お互い、命を大事にしましょう」

他の面々が肯《うなず》く。

すると――。彼氏に寄り添っていた女の子が、口を開いた。

「そういえば、あの『告白』って、何だったの？」

――しばらく誰も口をきかなかった。

「お前、何言い出すんだよ」

と、彼氏が言った。

「あら、だって聞いたわ、私。あのとき、ボーッとしてたけど、誰かが言ったのよ。『告白しないと死ねない』とかって……」

「俺、聞いてねえな。気のせいじゃねえの」

「絶対聞いたわ！　誰の声だか分んないけど――」

「お嬢さん」

と、老紳士が言った。「あの洞窟でのことは、もう忘れましょう。みんな一度死にかけたのだ。そして、新しい命を得た。気を取り直して、新しい生活を始めましょう」

「だけど……」

と、女の子は不満そうだったが、ちょっと肩をすくめて、「別にいいけど……」

「そうさ。他人のことは放っとけよ」

それには誰も異論はないようだった。

「――私、ちょっとロビーでタバコ喫ってくるわ」

と、赤い髪の女性が席を立った。

そして、ロビーのソファに座って、タバコをくゆらせていると、老紳士がトイレに立って、戻って来た。

「――村山《むらやま》さん、でしたわね」

「はあ。あなたは酒井《さかい》――」

「酒井久里子《くりこ》です」

七人とも、警察で事故の報告書を作成するので、住所氏名などを訊かれていた。

「村山貴文《たかふみ》といいます」

と、ソファにかけると、「妙な気分ですな。死にかけて、この世へ帰ってくるというのは」

と言った。

「ええ」

と、酒井久里子は少し間を置いて、「――どう思われます?」

「何のことですか?」

「あの女の子の言った『告白』です。私も聞いていましたわ」

「私は……歳《とし》のせいか、あまりはっきり聞こえなかった。途切れ途切れには……」

「誰でしたかしら、あれを言ったのは?」

「さあ、それも分りません。ともかく、もう酸素が薄くなって、感覚も……。誰の声だったか。男の人か女の人かもよく分らない」

「ええ、それは私も」

――七人は、女が三人、男が四人だった。

「でも、『告白』の一部は聞こえました」

と、酒井久里子は言った。「それはちゃんと憶えてますわ。『人を殺した』と言いました。『私は人殺しだ』と……」

村山は表情を変えずに、

「ああいう状況です。何か錯乱《さくらん》して口走ったことかもしれません」

「そう……。そうですね。でも、あなたも聞かれたのね」

村山は答えなかった。

そこへ、フロントの男性がやって来て、

「十五分ほどしましたら、ホテルのマイクロバスで、皆様を駅までお送りしようと存じますが」

と言った。

「それはありがたい」

と、村山は立ち上って、「では、一応荷物をもう一度チェックしよう」

「嬉しいわ」

と、酒井久里子は灰皿にタバコを押し潰して、「駅まであのスーツケースをゴロゴロ押していくのかと思ったら、うんざりしてたの」

「他の皆様にも、お伝えして参ります」

と、フロントの男は食堂へと向った。

「――これで、お別れですね」

と、村山は言った。「どうぞお元気で」

「そちらも」

二人は何となく手を差し出し、握手をした。


駅に着くと、七人は二つのグループに分れた。

グリーン車に乗る者と、普通車に乗る者と。

ホームで、あの若い女の子は、村山たち「グリーン車組」に手を振って、

「それじゃ、さよなら！」

と、元気よく言った。

村山は手を振り返して、やはりグリーン車の方に来た酒井久里子へ、

「とても死にかけるような事故にあったとは思えませんね」

と言った。

「本当。若いっていいわね」

と、酒井久里子は肯いて、「あの二人、どうなるかしら」

「あの子と彼氏ですか？」

「ええ。こんな経験をして、しっかり結びつくか、逆に気が変っちゃうか」

「あなたはどう思います？」

「私？　そうね……」

と、ちょっと首をかしげて、「別れちゃうんじゃないかしら。男の子の方は、彼女のことを、少し持て余し気味でしたもの」

「確かに。鋭い眼《め》をお持ちだ」

「散々、男と女を見て来たからですわ」

――列車がやって来るのが見えた。

離れているのに、あの女の子が、

「これで列車事故にあったりしたらいやだわね！」

と、冗談に言うのが聞こえて来て、村山と酒井久里子は笑った。

グリーン車も半分くらい埋っていて、二人の買った席は離れていた。

「それでは……」

「お疲れさま」

二人は会釈をして、それぞれの席に腰をおろした。

すぐに列車は動き出して、温泉町の明りが途切れると、もう何一つ見えない闇の中を走り続けた……。

2　死神

「せっかく命拾いしたのに……」

　その母親のひと言が、片山《かたやま》にはなぜか耳に残って忘れられなかった。

　どうにも気になって、

「それって——」

　どういう意味ですか、と訊こうとしたとき、

「片山さん！」

　と、石津《いしづ》刑事に呼ばれたのである。

「うん？　ああ——何だ？」

「殺された娘の彼氏ってのを見付けました！」

「そうか。分った」

　そのやりとりを聞いていた娘の母親は、

「その男が犯人なんでしょうか！」

　と、血走った目で訊いた。

　今にもその男に飛びかかって首でも絞めかねない勢いだったので、片山はあわてて、

「いや、まだ全く分りませんから」

と、母親を落ちつかせた。「ともかく、今はこちらにいて下さい」

母親は不服そうだったが、何といっても娘が何者かに殺されたのだ。今は怒りよりも悲しみの方が先に立つのだと思われた……。

――夜十時。

もちろん、そう早い時間とは言えないが、この辺りではまだ人通りもあって、決して寂しい夜道というわけではない。

大きなドーム状の体育館の周囲のスペースは、この時間、イベントの類《たぐい》はとっくに終って、適度に薄暗く、若い恋人たちの集まる名所になっていた。

しかし、片山がそんな事実を知ったのは、ここで刺し殺された若い女性の死体が発見されたという一報を受けて駆けつけて来てからのことだった。

青白い照明の下に立っていたのは、ヒョロリと針金みたいに細い脚をした若い男で、落ちつかなげに、口を尖《とが》らし、

「何で俺がこんな目にあわなきゃいけないんだよ」

と、口に出さねど思っていることはひと目で分った。

「どこで見付けたんだ？」

と、片山が訊くと、石津は、

「そっちの通りへの階段を下りようとしてました」

と言った。

「そうか」

「でも、逃げようとしてるって感じじゃなかったんですけどね」

片山は、両手をポケットに突っ込んで寒そうにしている若者へ、

「コートでも持ってないのかい？」

と訊いた。

若者は面食らったようで、

「あの子が寒いって言うんで、着せてやったんだ」

「そうか。確かにコートがそばに落ちてたな」

「返してくれる？」

「すぐには無理だよ。証拠品として調べなくては」

と、片山は言った。

――片山義太郎《よしたろう》。警視庁捜査一課の刑事である。

石津刑事はその部下で……。

「君、名前は？」

と、片山は訊いた。

「富沢《とみざわ》ケン。――ねえ、俺、逮捕されたりしないよね？」

「話を聞いてからだね。もちろん、犯人じゃなかったら逮捕したりしないさ」

「俺、痛いのって苦手なんだ。血を見ただけで、貧血起して引っくり返っちゃう」

片山は、意外な所で「仲間」を見付けて、ちょっと肯くと、

「その気持はよく分るよ」

と言った。「あの子――ええと……」

と、手帳を開いて、

「仲間《なかま》千枝《ちえ》っていうんだね。刺されて亡くなってる子は」

「うん。俺がやったんじゃないよ」

と、富沢ケンは訴えかけるように言って、「ね、トイレに行かせて」

「トイレ？」

「トイレに行こうとして急いでたんだ。そしたら、そのでかいのに捕まって……」

　石津が顔をしかめて、

「でかくて悪かったな」

「別に悪いなんて言わないけどさ。――ね、我慢できないんだ」

「分った。この辺にトイレあるか？」

「そっちの道へ出ると、ちょっと左に公衆トイレがあるよ」

「分った。石津、ついてってやれ」

「はい。逃げるなよ」

「俺、運動苦手で、二、三十メートル走ったら息が切れちゃうんだ。逃げたりしないよ」

　その言葉には妙にリアリティがあった。

　石津に付き添われて、富沢が急いでトイレに向うと――。

「ニャー」

　と、思いがけない声がして片山は振り返った。

「お前――」

「お兄さんの姿が見えたんで」

　と言ったのは、もちろん猫ではなく、一緒にやって来た、片山の妹、晴美《はるみ》だった。

「何してるんだ、こんな所で？」

　と、片山は訊いた。

「あら、この時間にこの場所にいれば決ってるじゃないの。彼氏と待ち合せよ」

「え……」

「何よ、ポカンと口開けて。冗談よ」

「ニャー」

　と、笑ったのは、片山家の三毛猫、ホームズである。

「いや、別にデートならデートで構わないけど……」

と、片山は咳払いした。

「パトカーが停《とま》ってたから、覗《のぞ》いてみたの」

と、晴美は言った。「事件――よね。もちろん。それも殺人？」

「まあな」

と、片山は肯いて、「だけど、この辺、人目も多いし、誰か犯人を見てるだろ」

しかし、間もなくその見通しは「甘かった」と知ることになる。

「殺されたのは？」

「女の子だ。二十歳といってたな」

「可哀そうに。運が悪かったわね」

という晴美の言葉を聞いて、片山は仲間千枝の母親の言ったことを思い出した。

「せっかく命拾いしたのに……」

という言葉を。

「あれ？　晴美さん！」

石津刑事が、トイレに行った富沢ケンを連れて戻って来ると、そこに晴美とホームズがいるのを見て、びっくりした。

もちろん、晴美に惚《ほ》れている石津としては、嬉しい驚きには違いなかったのだが。

「片山さんの付き添いで来たんですか？」

と、石津が晴美に訊くと、片山が、

「そんなわけないだろ」

と、渋い顔をした。「保育園に通う子供じゃあるまいし……」

そして、相変らず寒そうにしている富沢ケンの方へ、

「じゃ、どういう状況だったのか、話してくれるかな」

　と言った。

　しかし、彼女を殺されたというのに、悲しいのかどうかもよく分らない富沢は、

「ええ？　今？　こんな寒い所でなんて、風邪引いちゃうよ。俺、寒いと骨身にしみるんだよね」

　片山は呆《あき》れたが、

「もちろん、詳しいことは改めて訊くが、早い内に、犯人の特徴とかが分れば、この近くで捕まえられるかもしれないだろ？」

「そりゃそうだけど……。俺、お腹空いて死にそうなんだ。何か食べさせてよ。話すからさ」

　片山はため息をついて、

「石津、こいつにハンバーガーでも買って来てやれ。どこかで売ってるだろ」

「はあ。あの地下道へ降りた所に、〈M〉が一軒」

「よく憶えてるな。じゃ、何か適当に買って来い」

「分りました。それで、あの……」

「自分の分も買って来ていいぞ」

「承知しました！」

　石津が張り切って駆け出していく。

　もちろん、今ごろまで犯人がこの辺をウロウロしているとは思えないが……。

「――ここへ来たのは何時ごろ？」

　と、片山は訊いた。

「九時……くらいじゃないかな、はっきり分んないけど」

　と、富沢は言った。

「で、彼女――仲間千枝さんが刺されたのは？」

「うん。俺たち、そこのベンチに座ったんだ」

と、近くのベンチを指さして、「そこが良かったってわけじゃないけど、他に空《あ》いてなくってさ。こんな所によく来るよね。物好きだな、と思ったよ」

「自分たちだって来たんじゃないか」

「そりゃそうだけど」

一体、真面目《まじめ》なのかふざけているのか……。

「そしたら、千枝ちゃんがさ、『私、電話しなきゃ。忘れてたわ』って言って……」

「それで？」

「かける相手が、元の彼氏でさ。で、やっぱり俺の隣じゃかけにくかったんだろうね。立って、ベンチの後ろの方へ行ってケータイで電話したんだ」

「どの辺で？」

「たぶん……そこの何だか変な恰好《かっこう》した石の辺じゃないかな。俺、ベンチに座ってたから後ろは見えなかった」

変な石というのは、コンクリート製のオブジェだった。もっとも片山にも、何の形だか分らなかったが。

「で、千枝ちゃん、その彼にＣＤ借りたままだったらしくてさ、『今度返しに行くね』って言ってるのが聞こえてた。で、今どうしてる、とか五、六分話してたかな。『じゃあね』って切ったみたいだった。そしたら……。何だか足音がした」

「足音？」

「うん、その先、階段下りて外へ出るようになってるだろ。その階段を上って来る足音だった」

「誰だったか、見なかった？」

「うん。だって、まさか……。そいつが千枝ちゃんを刺して逃げたんだよ」

照明が、その現場を照らしている。――オブジェのそばの血だまりから、階段を何段か下まで血が流れ落ちていた。

「じゃ、犯人の姿は見てないんだね？」

「うん。千枝ちゃんが戻って来ないんで振り向いたんだ。そしたら倒れてて……血が……」

もう死体は運び出されているが、今は黒ずんで見える血だまりを見るだけでも、青ざめてしまう富沢だった。

「即死だったの？」

と、晴美が言った。

「うん、心臓をひと突きだった。凶器は見付かってない」

「わざわざ階段を上って来てるってことは、通り魔的な犯行じゃないってことでしょうね」

すると、富沢が、

「知ってたんじゃないかな、千枝ちゃん、相手のこと」

と言った。

「どうして分るんだ？」

片山がちょっと驚いて訊くと、

「『あら』って言った」

「――え？」

「千枝ちゃん、そいつを見て、『あら』って言ったんだ。知ってる人間に言うだろ、普通？」

「もっと早く言ってくれ！」

片山は、ため息をついて、「彼女のケータイを詳しくチェックしよう。――君、彼女の元の彼氏って、知ってるか？」

「知らないな。まだ別れてそうたってないと思うよ」

「母親に訊いてみよう」

　と、片山が言った。「やあ、戻って来たか」

　石津が、ハンバーガーショップの紙袋を持って戻って来ると、

「〈Lサイズ〉にしといたぞ」

　と、中から一つ取り出して、富沢に渡した。

「ありがとう！　飢え死にするところだった！」

　大げさに言って、富沢はハンバーガーにかぶりついた。一気に三分の二ぐらい食べてしまうと、一息ついて、

「やっぱり、こいつに限るよな、腹が減ったときには」

　彼女を殺されたというのに、この呑気《のんき》さは……。

　片山としては呆れるしかなかったが、いつの間にかそばに来て、その様子を見ていた、仲間千枝の母親としては「呆れる」だけではすまなかった。

「あんた！　娘が殺されるのを黙って見てたの！」

　と、富沢につかみかかったのである。

「あ、ちょっと――危いじゃないか！　痛いよ、そんなに叩《たた》いて」

「娘がどんなに痛かったと思うの！　この人でなし！」

「そんな……。俺のせいじゃないよ！」

　長身の富沢の胸の辺りを、母親は拳《こぶし》を固めて殴りつけていた。

「あの――落ちついて下さい」

　片山がやっと二人を引き離して、「犯人を捕まえるためです。お嬢さんのことを聞かせて下さい」

「千枝は……そりゃあ、やさしくて思いやりのある、いい子だったわ……」

　と、母親がハンカチを取り出して涙を拭いた。

Burger

富沢が、それを聞いて、

「そうでもなかったけど……」

と、はっきり聞こえるように言ったものだから、母親はまたカッとして、

「何だって！　もう一回言ってごらん！」

と、つかみかかる。

「やめて！　だって——会うの、今日でまだ二回目だったんだもの。どんな子だかなんて——」

富沢があわてて逃げ回る。

なだめるのにひと苦労して、片山はやっと母親の名前を、仲間芳江《よしえ》というのだと知った。

「——本当なんですよ！　あの子は誰からも好かれる、明るい性格で……」

と、ハンカチでハナをかむと、「——前の彼氏？　ええ、いましたけどね。何しろ誰からも好かれる……」

「一番最近まで付合ってたのが誰か分りますか？」

「何てったかしら……。よく憶えてないわ。たいていいつも一度に三、四人と付合ってましたからね」

「は……」

仕方ない。千枝のケータイで調べよう。

仲間芳江と富沢は、ひとまず帰宅させることになった。

「俺、ハンバーガー代、払いますよ。いくらでした？」

富沢は意外に律儀《りちぎ》なところを見せた。

「——後は、誰か犯人を見てないか、周りのカップルに当ってみることだな」

「そんな、二人でいるときに、周りのことなんか見てないんじゃないの？」

　と、晴美が言った。

「それと、彼女のケータイだな。最後の発信の相手と、他の彼氏たちのことも分るだろう」

　片山は、鑑識《かんしき》の面々が現場を調べ始めるとホッと息をついた。

　そして――。

「あれ？」

　あの母親に、何か訊くことがあったような……。何だっけ？

　必死になって考えたが、思い出せない。

「どうしたの？」

　と、晴美が言った。「凄《すご》く悩んでる顔よ。――お財布、落としたの？」

3　運と不運と

「俺はツイてるんだ」

というのが、小《こ》泉《いずみ》昭《あき》夫《お》の口ぐせだった。

聞いている——というより聞かされている方としては、

「そんなにツイてるのに、どうして出世しないの？」

と、嫌味の一つも言いたくなるというものだが、さすがに面と向ってそう言う者はいなかった……。

小泉昭夫は四十八歳。二十五年間、営業マンとして働いて来た。

確かに、そろそろ課長辺りのポストが回って来ても良かった。——十年前だったら、おそらく。

しかし、今は営業のスタイルも様変りしてしまった。電車とバスで一日何時間もかけて回る代りに、パソコンとスマホで、ほとんど会社から出ないで営業する若手が増えて来たのだ。

小泉から見れば、「そんなことで注文が取れるか」と腹立たしいが、現実にはそういうスマートな営業で、小泉以上の好成績をあげている者もいる。

時代が変ったんだ。——頭ではそう分っていても、納得するかどうかは別である。

つい、若手相手にグチを言うことが増えて、自然敬遠されるようになる。

黙ってグチを聞いてくれるのは、有料の、行きつけのバーのホステスくらいだ。妻の小百合《さゆり》はとっくの昔に夫の話など雑音ぐらいにしか思っていない。

娘のアキは大学生だが、めったに顔を合せることもない。もちろん、小泉の帰宅がいつも遅いせいもあるが、話しかけても返事もしないという、今どきの親子なのだ。

その小泉が、

「俺はツイてるんだ！」

と、このところくり返し持ち出すのが、あの「閉じ込められた洞窟から、間一髪で救い出されたこと」だった。

この夜も、たまたま寄ったスナックで、同じ会社の女性社員たちと一緒になり、もちろん先輩として、

「ここは俺がおごるよ」

と言わざるを得なかったのだが、その代り、

「洞窟からの救出劇」の一幕を話して聞かせた。

「酸素がなくなってな、もう頭がボーッとして来てたんだ。あと十分、いや五分遅かったら死んでたな」

というわけで、「俺はツイてるんだよ！」

と肯きながら言ったのだが、

「でも、閉じ込められちゃったのは、ツイてなかったからでしょ」

と、言われてしまった。

しかし、女性社員の一人が、脈絡もなく、

「私、今日誕生日なんだ」

と言ったとき、小泉は今日が妻の誕生日だということを思い出した。

店を出て、一人別れて歩き出した小泉は、ためらいながらケータイを取り出し、妻のケータイにかけた。

「――どうしたの？」

小百合が面倒くさそうに言った。

「いや……ちょっと」

「え？　何て言った？」

「今日……誕生日だったろ。ちょっと思い出してな。おめでとう」

少し間があって、

「――そうだっけ」

と、小百合が言った。「忘れてたわ。よく憶えてたわね」

「ああ。でも……花も買ってないけど」

小百合がちょっと笑って、

「いいわよ、そんなこと」

と言うと、「何か食べる、帰ってから？」

「うん。――軽くでいいが」

「じゃ、何かこさえとくわ」

――通話を切ってから、小泉は、久しぶりに夫婦らしい会話をしたな、と思った。

そして、自分でも思いがけなかったことに、妻とそんな会話をしたことで、何だか心がホワッと暖かくなったような、いい気持になったのである。

妻と話す。――そんなことが、こんなに楽しいなんて、小泉は驚いていた。

そして、ふと思い付いて、今度は娘のアキにかけた。

無視されるかと思ったが、アキは意外にすぐに出た。

「なあに?」

と、つまらなそうな声を出す。

「いや……今日、母さんの誕生日なんだ」

「へえ」

「それで、今度の週末に母さんと二人で食事しようと思ってる。いい店を教えてくれないか」

「ああ、それじゃ……。調べてみるよ」

「頼む。フレンチかイタリアンがいいな。静かで、落ちついて食事できる店。——だが、あんまり高い所はだめだ」

「分った。スマホで検索してみる」

アキは興味を持ったようで、すぐにそう言った。

「珍しいことするじゃない」

「たまにはな」

「本当に、『たまに』だね」

「親をからかうな」

アキがちょっと笑って、

「まだ外なの?」

「これから帰るところだ」

「じゃ、調べとくよ」

切れた。——娘と、こんな風に話したのは何年ぶりだろう?

「そうだ」

こんなに簡単なことだったのだ。いつも、ろくに返事もしないと怒っていたが、ちょっとしたきっかけさえあれば、ごく普通に話ができるのだ。

小泉は楽しくなって来た。グチでない話をすることは楽しかった。自分をいやになる必要もないのだ。

「確かに、俺はツイてるんだ」

と、口に出して言って、上機嫌《じょうきげん》に笑った。

横断歩道の向うに、駅の改札口が明るく浮んで見えた。――家へ帰って、女房にも娘にも、

「ただいま!」

と言ってやろう。

小泉は、二人の面食らった顔を想像して笑ってしまった。

信号が青になり、小泉は道を渡って行った。しかし――。

そこへ、一台の車が走って来た。赤信号なのに、スピードを全く緩《ゆる》めることなく、真直《まっす》ぐに小泉にぶつかり、小泉の体は七、八メートルも宙を飛んだ。

苦痛を感じることがあったかどうか、道路に叩きつけられたとき、小泉はほとんど死んでいる状態だった。

そして、数秒後には、妻と娘に「ただいま!」と言ってやることは永遠にできなくなっていた……。

タイミングが問題なのだった。

いつ、話を切り出すか。

もちろん、彼女の機嫌のいいときでなければならなかった。一番確かなのは、キングサイズのベッドの中で、充分満足した彼女がタバコに火を点《つ》けたときなのだが。

しかし、それがいつになるか、彼には分らなかった。ともかく彼女は忙しく、今夜のように、高級フランス料理のフルコースを食べている途中で

も、突然ケータイが鳴って、ひと言ふた言話すと、

「出ましょう」

と、ステーキをひと口食べただけでも席を立ってしまうことがあるのだ。

しかし今夜は今のところ、メインのステーキはほぼ食べ終って、赤ワインも気に入っている様子だった。——今がそのときかもしれない。

「ねえ、江美《えみ》さん」

と、西田雄一《にしだゆういち》はさりげなく切り出した。「そろそろ決めないと、予定が立たないんじゃないかな」

「あら、何の話？　あなたとどこかに旅行することになってたかしら」

と、岡本《おかもと》江美は少し酔って上気した顔で言った。

「そうじゃないよ」

と、西田はちょっと笑って、「〈ＭＫオーケストラ〉のことさ。ほら、大晦日《おおみそか》にジルベスターコンサートをやろうって話……」

「ああ、そのこと。会場は押《おさ》えたんじゃなかった？」

「もちろん、ちゃんと押えてあるよ。ただ——ゲストを誰にするかってことで、せっかくだから、一流どころを三、四人並べたいと思ってるんだ。でも、人気のあるアーティストは、早々に予定が入っちゃうだろ？　だからもう交渉しないと……」

「あなたの希望はあるんでしょ？」

「うん。ただ——一流どころは、どうしてもギャラも高いし、去年と同じ予算だと無理だと思うんだ。できたら予算に上のせして……」

岡本江美は、ちょっと皮肉めいた笑みを浮かべると、

「赤字覚悟で、芸術的価値の高いものをやりたい、ってわけね？　本当にもの好きね、あなたたちは。私に言わせりゃ、まず、どれだけ利益が出るかを考えるのが『芸術』ってものよ」

そう言われても、西田には言い返す言葉がない。――〈オカモトグループ〉数十社を束ねるトップの岡本江美が年間何億円もの出資をしてくれなければ、〈MKオーケストラ〉はやっていけないのだ。

そして、西田雄一が二十四歳という若さで〈MKオーケストラ〉の常任指揮者のポストにいられるのは、西田がスポンサーとしっかりつながっているからなのである。

メインのステーキの皿がさげられると、

「――まあいいわ」

と、岡本江美が言った。「あなたが交渉して、後で金額を知らせてちょうだい」

「ありがとう！」

ホッとして、西田は江美の手を取った。

「今度の週末は神戸なの」

と、江美が言った。「本番はないわね？」

「うん。大丈夫だよ。土曜日？」

「金曜日の夜に行くわ。Tホテルに夜八時ね」

「分った」

その夜は〈MKオーケストラ〉のリハーサルが入っていたが、変更するしかない。

「あら、もうこんな時間」

と、江美はケータイを見て、「私、行く所があるの。デザートは一人で食べて」

「もったいないね。二人分いただくよ」

「太り過ぎないでよ」

と、江美は言って、席を立った。

西田は、レストランの出口まで、見送りに出た。

運転手が、ベンツのドアを開けて待っている。

「それじゃ」

江美は西田にキスすると、車に乗り込んだ。

走り去る車に手を振って、西田は、

「やった」

と呟《つぶや》いた。

レストランの席に戻ると、西田はデザートをさっさと平らげて、急いで店を出た。

タクシーを拾い、十五分ほどの暗い町並の古くなったアパートの前で降りた。

階段がきしむ。気を付けて上らなければならなかった。

ドアを叩くと、少しして、

「はい」

と、女の声がした。

「僕だ」

ドアが開くと、不安げな表情の娘が立っていた。

探るように西田を見て、

「来て良かったの、私？」

と、心細げに訊く。

「もちろんだ。――遅くなって悪かったね」

ともかく、西田は部屋へ上った。何もない色あせた畳の上に、トランクが一つ、置かれていた。

西田は、あぐらをかいて座ると、

「ちっちゃなアパートだけど、何もないと広く見えるね」

と、笑顔になって言った。

すると、トランクのそばに正座していた娘が、顔を伏せ、こらえ切れなくなったように泣き出したのである。

「――どうしたんだ？」

西田が戸惑って訊いた。

「いえ……。何でも……」

と、娘はクシャクシャになったハンカチで涙を拭くと、「ただ……ここでじっと待ってると、怖くなって……」

「怖い？　どうして？」

「あなたが……本当に来てくれるのか……。私のことなんか、もう忘れてるんじゃないのか、って……」

西田は真顔になって、

「悪かった」

と言った。「もっと早く来られるはずだったんだが。――そうだね、一人でここにいて、心細かったろうね。すまなかった」

娘はケータイも持っていなかったから、西田としては連絡したくてもできなかったのだが。もし、できたとしても、岡本江美の目の前では……。

「でも……来てくれたのね」

娘は泣き笑いの表情になって、「私……お腹が空いてるの」

「何も食べてないのか？　そいつは……。じゃ、どこか近くのファミレスででも食べよう。――しかし、これじゃな」

と、安物のカーテンが窓にかかっているのを除くと、家具も電化製品もない部屋の中を見回して、

「今夜、寝る布団もないね」

「私、畳の上でも大丈夫。コートをかけて寝るわ」

「そんなことしたら、風邪引いちまう。じゃ、こうしよう。今夜はどこかホテルに泊って、食事はルームサービスで取ればいい。明日、必要な物を色々買い揃《そろ》えるといいよ」

「でも……」

「大丈夫。東京には沢山ホテルがある。顔なじみの所を避ければ心配ないよ」

西田は立ち上ると、娘のトランクを持って、

「鍵は受け取った？　じゃ、持っててくれ」

明りを消して、部屋を出る。

西田は、娘と一緒に少し歩いて広い通りに出るとタクシーを拾って、一応名の知れたホテルへ向った。

「――疲れたろ？」

と、座席で西田は言った。「眠ってもいいよ。着いたら起こしてあげる」

「いいえ。あなたの顔を見たら、疲れがどこかへ飛んでった」

と言って、娘は西田の腕を取って、身をもたせかけた。

やがて娘は呟くように口を開いた。

「あなたたちが助かったと聞いたとき、私、本当に胸が震えたわ。私があの人を救った！　これが運命だと思ったのよ」

「うん、きっとそうなんだよ」

西田は娘の頬にキスをしてやった。――今田秋。

あの洞窟に西田たちが閉じ込められたとき、旅館の玄関を掃除していて、「もしかしたらあの洞窟に」と思い付いた子である。

「本当にな。君がいなかったら、今、僕はここでこうしちゃいないんだから」

「良かったわ、思い出して」

今田秋は、素早く西田にキスした。

「――ホテル、正面でいいですか」

と、タクシーの運転手が訊いた。

4

皮肉な再会

会いたいときは会えなくて、会いたくないときには出会ってしまう。

まるで演歌の歌詞みたいだわ、と浜《はま》田《だ》洋《よう》子《こ》は思った。

そのビルは、会議室やオフィスを時間決めで、あるいは一日、一週間などの単位で貸し出していた。

浜田洋子は、通訳としてこのビルに、月に三、四回は通っていた。

三十分前の打合せ。通訳なら当然の心構えだが、洋子はいつも四十五分前に会場に入る。

どんな会場で、どういう状況での通訳か、確かめておかないと、途中で何か問題が起きたときに対処できないからだ。

会場は、このビルの中なら使い慣れているが、それでも、主催者によってどういう機材を使うか、細かいところで違いが出てくる。

　ビルの正面玄関から入ってエレベーターへと足を向けると、奥の会議室から、何か会合が終わったらしく、スーツにネクタイの男たちが七、八人出て来た。

　洋子は足を止めた。――こちらへ向ってやって来るグループの中心になっていたのは、彼だったのだ。

「先生のお話は分りやすくて――」

「女性ファンが多いですからね！　講演会も華やかになっていいです」

　口々にお世辞を並べているのは、洋子も顔を見たことがある広告会社の人間たちだった。

　彼は笑顔でそれを聞いていたが、洋子が脇へよけると、彼女に気付いた。

「――先に出て、車を回しておいてくれ」

と、彼は言った。「ちょっと電話する所があるんでね」

「承知しました」

　他の男たちがビルを出て行くと、彼は洋子の方へ寄って来て、

「どういうつもりだ」

と、低い声で言った。「つきまとうのはやめてくれ」

　洋子は当惑した。

「私、仕事でここへ来ただけです」

と、静かな口調で、「四階でビジネスセミナーがあって、通訳するんです」

「偶然だって言うのか？」

「あなたのスケジュールなんか知るわけないでしょう」

「それならいいが……」

しかし、明らかに信用していない様子で、

「もしまた近くで見かけたら、警察に届けるぞ。忘れるな」

そう言うと、桂木貞二《かつらぎていじ》は足早にビルから出て行った。

洋子はエレベーターへ駆け込むと、〈4〉のボタンを押した。扉が閉ると、深々と息を吐き出し、目を閉じた。

浜田洋子は三十八歳。英語とドイツ語の通訳として働きながら、小さな劇団に入って、舞台に立つこともあった。

――エレベーターが四階に着く。

「あ、おはようございます」

と、明るい声がした。

「ああ、おはよう、あずさちゃん」

と、洋子も自然と笑顔になる。

「早いですね、相変らず」

「でも、いつも四十五分前だけど、今日は五分遅いわ」

洋子はセミナーの会場を覗《のぞ》いて、「あずさちゃんがセッティングしたのなら安心ね」

「そんな……。私、凄いうっかり屋だって知ってるくせに」

今日のセミナーを主催しているイベント会社の社員で、洋子とは顔なじみの永田《ながた》あずさは二十七歳。きびきびと動く、有能なスタッフである。

永田あずさの勤めている〈Qプロ〉は、さっき桂木を取り囲んでいたような大手の広告代理店とは比べものにならない小企業だが、良心的な評論家や作家には信頼が厚い。

セミナーの会場内を見て回って、

「問題なさそうね」

と、洋子は言った。「講師のドイツの方、英語でレクチャーされるのかしら？　それともドイツ語？」

「それ、メールで問い合せたんですけど、返事が来なくて……」

「いいわ。今日みえてから訊きましょ」

「洋子さんがいて下さって、本当に助かってます！」

と、あずさは言ってから、「それに、ギャラも安くて済むし」

と、いたずらっぽく付け加えた。

「こら！　先手を打ったわね」

と、洋子は笑った。

「そういえば、さっき一階に行ったら、桂木貞二が取材で来てましたね」

「ええ。――今、上って来るときに見かけたわ」

「そうですか。この間、シンポジウムの企画した先生が、『桂木さんに出てもらえないか訊いてみてくれ』っておっしゃって、一応ご連絡してみたんですけど……」

「どうなったの？」

「秘書の女性に、ギャラを訊かれて、それでもうちとしてはギリギリの額を申し上げたんですけど、ひと言、『ひと桁《けた》違うわよ』って切られちゃいました」

「そうね。ＴＶでも引張りだこだし……」

「でも、ああなるとタレントですよね」

と、あずさは言った。「よくしゃべるけど、中身はとても薄くて、いやになります」

洋子は何も言わなかった。その「薄っぺらな」男と、一年ほどの間だが関係があったとは、とても言えない。

ましてや、捨てられたショックで、死のうと思って旅に出たなどとは……。

「洋子さん、もう何ともないんですか？」

と訊かれて、ドキッとした。

「え？　何が？」

「ほら、洞窟に閉じ込められて、危うく死にかけたって……。後で聞いて、血の気《け》がひきましたよ」

「ええ、もう大丈夫。もともといい頭じゃないから、少しぐらい酸欠になっても大して変らない」

「また。――でもどうしてあの温泉に行ってたんですか？」

「特別理由はないわよ。ちょっとのんびりしたくてね」

と、洋子は言った。

「でも災難でしたね。大勢《おおぜい》閉じ込められたんでしたよね？」

「確か七人だったわ」

「あ、そうそう」

と、あずさは思い出した様子で、「ＴＶのニュースで見ました。あのとき助かった女の人が殺されたって」

洋子は愕然《がくぜん》として、

「――本当？」

「ええ。ニュースで、『せっかく助かったのに』って、お母さんが嘆いてましたよ」

「まあ……。女の人って言った？」

「若い人みたいでしたよ。確か二十歳とか言ってたような……」

「じゃあ、男性と一緒だった子ね。気の毒に」

「ほら、これです」

あずさが、スマホでニュースを見付けて、洋子へ見せた。

「ああ、この子だわ。仲間千枝……」

と、洋子は写真を見て「――刺し殺された？　何てことかしら。明るくて、にぎやかな子だったけど……」

まだ犯人は捕まっていないようだった。

――東京へ戻る列車で、洋子はあの二人の近くの席に座っていた。

彼氏の方は、やや仲間千枝という子を持て余している感じだった。彼の名前は何だったろう？　思い出せないが、若いけど、

「天才指揮者なの」

と、千枝は得意げに言っていた。

そのとき、彼の名前を聞いて、「後でネットで調べてみよう」と思ったのだったが、そのまま眠ってしまった。

洋子はクラシック音楽が好きで、日本のオーケストラもよく聴きに行くが、その若者の名前には聞き覚えがなかった。あの女の子が少し大げさに言っていたのだろう。

「――あ、もう少しロビーでお待ち下さい」

あずさが、気の早い客に言っているのが耳に入った。

「もうみえた方が？」

「ええ。地方からも何人かおいでになるので、列車の関係で早く着かれるんですよね」

と、あずさは言ってから、「あ、それと、ゲストのドイツ人の方、今地下鉄の駅に着きました、って。几帳面《きちょうめん》な方ですね」

「じゃ、こっちもしっかり準備しておかないとね」

洋子は、通訳の席へと足早に向った。

殺された「洞窟仲間」の女の子のことは、もう忘れていた……。

「ひき逃げ？」

と、片山は言った。「亡くなったのか。気の毒にな」

「全くブレーキをかけずに、はね飛ばして、そのまま突っ走ってるらしいんだ」

と、片山の同僚の落合《おちあい》刑事が言った。

「それで殺人かもしれないってわけだな」

昼休み、片山は落合刑事とたまたま喫茶店で一緒になった。

「しかし、ごく平凡なセールスマンでね。殺されるほど恨みを買ってたとも思えないんだ」

と、片山と同年輩の落合は、コーヒーを飲みながら言った。「奥さんに話を聞いたが、夫婦仲はまあ普通って言ってた。——妬《ねた》まれるほど出世もしてなかったし、って言ってたよ」

「じゃあ、ただの酔っ払い運転かもしれないな」

「うん……。ちょっと涙ぐんでたけどな、奥さん」

「子供はいる？」

「娘さんが大学生だよ。その前に、珍しく電話して来たと言ってた」

「車の手掛りは？」

「それがどうもね……。はねるところを見た人がいないんだ。鑑識が何か見付けてくれるといいけど」

と、落合は言って、「奥さんが嘆いてた。『せっかく命拾いしたのに』って」

「命拾い？」

「うん。ほら、この前、どこだかの温泉で、洞窟に閉じ込められて、死にかけたところを間一髪で助かったって事故があったろ？　あのとき閉じ込められてた内の一人だったんだ。そのときはツイてたのにな」

「――そうか」

　片山は思い出した。「『せっかく命拾いしたのに』。――それだ！」

「どうかしたのか？」

「いや、今調べてる殺人だ。あの女の子の母親が言ったんだ。『せっかく命拾いしたのに』って。何のことだろうと思って、気になってた」

　こちらは明らかな殺人事件だ。――片山は席を立って表に出ると、ケータイで、仲間千枝の母、芳江にかけた。

「――はあ、そう申しましたわ」

　と、芳江は言った。

「じゃ、最近何か危い目にあったんですね？」

「ええ。洞窟に閉じ込められて、危うく死ぬところだったんです」

「洞窟ですって？」

　片山は愕然とした。「で、そのとき、千枝さんは一人だったんですか？」

「いいえ、あの子が一人旅なんて。彼氏と一緒だったと思います」

　と、芳江は言った。

　――片山は晴美に電話して、今の話を伝えた。

「あら、洞窟の話なら、お母さんがＴＶの取材に答えて言ってたわよ」

「俺は聞いてなかった……」

　と、片山はため息をついた。

「だめね。もっと情報を捕まえるアンテナを張りめぐらせとかなくちゃ。ねえ、ホームズ」

「ニャー」

と、ホームズの声がした。

「一つ教えてやる」

「あら、何よ?」

「同じ洞窟に閉じ込められてた男が、車にはねられて死んだ」

「まあ。——二人続けて? それって……」

「こっちの方も殺人かもしれないな」

と、片山は言った。

「でも——洞窟に一緒にいたってだけで殺される?」

「調べてみないとな。洞窟にいた他の人たちの話を聞く必要がある」

「あれって、確か七人だったわ。つまり、あと五人ってことね」

「まさかそうむやみに殺されないだろうけどな」

と、片山は言った。


セミナーの午前の部は無事に終った。

昼休み一時間で、午後の部に入る。

浜田洋子は、ゲスト講師のドイツ人から、えらく感謝され、「昼食を一緒に」と誘われた(ドイツ語で)が、午後の準備がある洋子には、昼休みなどない。

通訳席で、コンビニで買って来てあったサンドイッチを食べながら、午後のテーマについて、論点をメモしておく。

「洋子さん、すばらしかったですね!」

と、あずさがやって来て言った。

「盛り上ったわね。司会の方が上手だったわ。それに講師の方も」

「通訳も、ですよ! 洋子さんが、とてもいいテンポで通訳して下さったんで、対話が弾んだんです」

「良かったのは中身よ。私はただ間をつなぐだけ」

「洋子さんはいつもそうだけど。——英語とドイツ語で同時通訳できる人なんて他にいませんよ」

「ありがとう。じゃ、今度私の出る舞台のチケット、買ってね」

「もちろんです！」

と、あずさは肯いて、「飲物、持って来ましょうか？」

紙コップの紅茶は飲んでしまっていた。

「じゃあ、ミルクティーを」

「はい！」

洋子は、活気に溢《あふ》れたあずさを見送って、メモに目を通した。——メールが来た。

洋子の表情がこわばった。桂木からだったのだ。

〈さっき言ったのは、おどしじゃないからな。僕につきまとうようなら、即座に通報する。憶えとけよ〉

怒りがこみ上げてくる。

洋子はそのメールを削除すると、桂木からの着信を拒否するように設定した。

あんな男に、どうして一時は夢中になったのだろう。しかも、捨てられて、死のうとまで思った……。

良かったわ、生きていて。——今日の仕事に打ち込んでいられることが、洋子を泥沼から引張り上げた。

「はい、ミルクティー」

と、あずさが紙コップを置いた。

「ありがとう。後で払うわね」

「いいですよ、これくらい」

「そうはいかないわ」

「ね、洋子さん、あのドイツの人、何だか難しい名前の。洋子さんに惚れちゃったみたいですよ」

「そんな。ランチに、って誘われはしたけど」

「ほらね？　私に、洋子さんが独身か、とか英語で訊くんですもの。セミナーが終ったら、きっと食事に、とか言って来ますよ」

「あちらはすぐドイツへ帰るのよ。私も仕事して稼がないと、食べていけないわ」

「帰国する前に、きっと洋子さんに告白すると思うな、私」

あずさは時計を見て、「あ、もう受付に戻らなきゃ。じゃ、よろしくお願いします！」

あずさが小走りに会場から出て行く。

洋子の、メモする手が止った。

「告白」という言葉が、手を止めさせたのだ。

「あのとき……」

洞窟の中で、死を覚悟していたとき、暗闇の中で誰かが言った。

「告白しなきゃ」

と……。

あれは誰だったのだろう？　そして「告白」の内容は……。

人を殺した。——確かに、あのときの「告白」はそう語っていた。

でも、そのすぐ後に、救助されて、大騒ぎになり……。

そうだ。洋子は自殺を思いとどまり、再び生きる道を選んで、そのことだけで頭が一杯だった。

忘れていた。あの「告白」を。

といって……。今さらどうしようがある？　あのとき洞窟にいた七人の誰かが「人を殺していた」というのが事実だったとしても、それが誰だったかも分らない。

あの告白は、死を前にしていたからこそ行われたのだろう。今は、告白した当人も否定するかもしれない。

「もう終ったことだわ」

と、洋子は自分へと言い聞かせた。「仕事、仕事！」

客の何人かが、会場に戻って来た。

5　旅の友

「あら」

と、赤い髪をちょっと直しながら、酒井久里子は目を見開いた。「どなたかと思いました」

「お忙しいのに、申し訳ない」

と、その初老の紳士はソファから腰を浮かして言った。

「いいえ、その節は」

と、酒井久里子はソファに身を沈めると、秘書の女性に、「お飲物を。コーヒーでよろしいですか？」

「ええ、恐れ入ります」

――〈エステサロン・サカイ〉。

銀座《ぎんざ》の一等地にビルを構えるこのエステサロンは、チェーン店を持っていた。

その中のラウンジはホテル並みの広さである。

「いや、大したものですね」

と、村山貴文は言った。「全国にチェーン店をお持ちなんでしょう？」

「ええ、まあ。いつの間にか九十九店舗になりました」

と、久里子は言った。「よくここがお分りに……」

「ご迷惑かとも思ったのですが、こうして——」

「いえいえ。お会いできて嬉しいわ。本当です」

「エステは私とは一番遠い世界ですがね」

と、村山は言った。「女性雑誌を二つ三つめくれば、必ずあなたの記事が載っていますからね」

「もうこの年齢《とし》になると、どんな写真が載っても気になりません」

「そんな……。私よりずっとお若いじゃありませんか」

と言ってから、村山は、「申し遅れました。私は……こんなことをしています」

久里子は名刺を受け取った。

「〈K芸術大学教授・音楽評論家　村山貴文〉……。まあ、そんな偉い先生だったなんて」

「ちっとも偉くありませんよ」

と、村山は苦笑して、「新聞や雑誌に〈演奏会評〉などを書き散らしています」

「私も一応……」

久里子も名刺を渡した。

コーヒーが来て、少しの間、その香りと味を二人は黙って味わっていた。

「——あれはふしぎな経験でしたね」

と、村山が言った。

「ええ。あのとき、洞窟の中で私、死んだらこのエステサロンがどうなるか、とか全然考えていませんでした。考えてたのは、もう〈S〉のどら焼が食べられなくなる、ってことだけ。——東京に戻って、真直ぐ〈S〉へ行って、仲のいいご主人を叩き起こして、どら焼を売ってもらいましたわ」

「なるほど。私も、買ったきりで聴いてないCDのことを考えてましたね」

「でも、ご立派じゃありませんか。お仕事の内でしょ」

「でも、結局まだそのCDは聴いてません」

と言って、村山はコーヒーを飲むと、「おいしいですね！　どこの豆ですか？」

「特に取り寄せてますの。よろしかったら、少しお持ちになります？」

「それはありがたい」

と言ってから、「実はこうして伺ったのは……」

「何かお話が？」

「警察から連絡はありませんか？」

「警察から？　あの洞窟のことで、ですか？」

「ご存じないんですね。あのとき、若くてにぎやかだった女の子がいたでしょう」

「ええ。彼氏と一緒だった……」

「殺されたんです」

久里子は面食らった様子で、

「まあ……」

と言ったが、「でも……あんなに若くて活き活《い》きしてて……」

「妙なことです。デート中に刺し殺されたようです」

「あのときの彼氏と？」

「違うようですね。——ボーイフレンドは何人もいたらしいですが」

「でも……あの子を殺すなんて……。そんなに恨みを買うような子に見えませんでしたけど」

「確かに」

と、村山は肯いた。「それだけじゃありません」

「といいますと？」

「もう一人、あのとき、やたら文句を言っていた男。彼も死にました」

久里子は、しばらくじっと村山を見つめていたが、やっと口を開いて、

「――それって、どういうことなんでしょう？」

と言った。

村山は肩をすくめて、

「何とも言えません。女の子は刺し殺されたのですが、男の方は車にはねられて死んだとか……」

「もしかすると事故だったかも？」

「ええ。車は見付かっていないようですが」

「怖い話ですね」

「女の子の殺された件を調べている刑事が、あのとき洞窟にいた七人の名前と住所をあそこの警察に問い合せたんです。それで私の所へ連絡が」

「それじゃ、ここへも来ますね。きっと」

「間違いなく来るでしょう。私は明日、片山という刑事と話すことになっています」

「訊かれても、何も話すことはありませんよね」

と言ってから、久里子はハッとした。「あの――もしかして、あの〈告白〉のことを……」

「それなんです」

と、村山は言った。「私も、どうしたものかと……」

「確かに聞いてはいますよね。でも、誰が話していたのか分からない……」

「ええ。その内容も分りません。人を殺したといっても、色々な受け取り方があるでしょうし。た

とえば、男性の場合なら、振った女性が自殺したら、『殺した』と同じだと思うかもしれません」

「そうですね、本当に」

「どうでしょう。少なくとも我々二人としては、あの〈告白〉は知らないことにする、ということにしては」

「そうですね」

「いや、もちろん実際の殺人事件のことかもしれません。それを隠してはいけないと言われれば確かに……」

「でも、話そのものも、詳しく憶えていませんものね」

「そうなんです。私たちがいい加減な発言をして、他の人に迷惑がかかってはいけません」

「同感ですわ」

　と、久里子は肯いた。「二人、亡くなって、ここに私たちが二人。――他に三人いらしたんですね」

「一人は分ります」

　と、村山は言った。「あの女の子の彼氏は、西田雄一といって、若手の指揮者なんです」

「そうですか。ずいぶんお若いですね」

「二十三、四じゃないですかね。〈MKオーケストラ〉の常任指揮者というポストにいます」

「あと二人……。女の方と男の方と一人ずつですね」

　久里子はちょっと首をかしげて、「どんな人だったか、思い出せないわ。もう会うこともないと思いましたものね」

　そこへ、秘書の女性がやって来た。

「社長、警察の方からお電話が」

　久里子は村山と顔を見合せてから、

「分ったわ。ここへつないで」

と言った。

「はあ。――ええ、もちろん構いませんわ」

と、酒井久里子は電話に出て言った。

「――明日ですか。明日はちょっとパリに行く用事が。――今日でしたら、銀座の本社におります。――ええ、そうですね。できれば一時間ほどしてからなら。――かしこまりました。片山さんですね。お待ちしております……」

コードレスの受話器を秘書の女性へ渡して、

「明日、あなたがお会いになるのと同じ刑事さんですね、きっと」

と言った。

ゆっくりとコーヒーを味わっていた村山は、

「そうですね。何だか電話で話した感じでは、あまり強面《こわもて》な印象ではありませんでしたね」

「ええ、ソフトなしゃべり方で。――村山さんは今日はご予定が？」

「いや、本当はコンサートを聴くつもりでしたがね。さっきメールが来て、出演予定だったピアニストが病気で代ったそうでしてね。それなら特に聴くこともないかと」

「そうですか。――私、今夜は珍しくパーティや会合がなくて。よろしかったら、お食事でもいかがです？」

「それは……」

「失礼ですが、私の持っているフレンチのお店がありまして、ワインは厳選しておりますの」

「ではお言葉に甘えて」

「ぜひ、味を見ていただきたいですわ」

「いやいや、大学教授といっても、大した給料ではありません。ごちそうになってよろしいのなら——」

「もちろんです！　では——今夜七時でいいかが？」

「伺います。場所はどちら……」

久里子は微笑んで、

「このビルの地下一階です」

と言った。

「さすがに豪華ね」

と、思わず晴美が呟くと、足下で、ホームズが、

「ニャー」

と、同意した。

「エステか……。今のところ、縁がないけどね」

と、晴美はパネルの展示を眺めて言った。

別に通っているわけでも、通いたいわけでもないが、〈エステサロン・サカイ〉の名前は晴美も知っていた。TVでもCMが流れている。

それも一流のスター女優を出演させて、パリの下町で実際にロケしていた。エステサロンとして、高級なイメージで売っている〈サカイ〉だ。

ぜいたくにお金をかけたCMだと一見して分ることがイメージとして大切なのだろう。週刊誌の記事で、そのCMを撮っているのが、有名な映画監督だということも知っていた。

晴美がこの〈エステサロン・サカイ〉の本社ビルにやって来ていたのは、たまたま友達と銀座で会っていたからだった。

友達と別れてから兄に電話すると、あと三十分くらいで、このビルへやって来ると聞いて、待っていることにしたのである。

ビルの一階には、エステサロンの内容紹介のパ

ネルや化粧品の展示、〈サカイ〉が第一号店からスタートして今や九十九店舗に成長するまでを辿《たど》った映像展示があって、サロンの客でなくても、自由に入って見られるようになっている。

「さすが余裕ね」

と、晴美は呟いた。

一階ロビーの奥にエレベーターが見えている。その扉が開いて、髪の白くなった老紳士が出て来た。

「あれ？　あの人、どこかで会ったかしら？」

と、晴美は首をかしげた。

知り合いというわけでないことは確かだ。名前も思い出せない。

それでいて、ごく最近見かけている。

「ニャー」

と、ホームズが鳴いて、大欠伸《おおあくび》をした。


「――ああ！　そうか」

思い出した！

最近というか、つい二日前だ。晴美の友人でピアノを学んでいる音大生が、

「今夜のコンサートのチケットが余っちゃったの。タダでいいんだけど、来られない？」

と、ケータイへかけて来たのである。

「いいけど……。ホームズも一緒でいい？」

「もちろんよ！」

猫好きな彼女は大喜びだった。

そして、五百人ほどのホールで、彼女の先輩に当る男性ピアニストのリサイタルを聴いた。晴美はホームズを膝にのせて聴きながら、どうやらその男性ピアニストは、彼女――山本《やまもと》亜紀《あき》の「彼氏」らしいと感じていた。

晴美も、それなりにピアノを楽しんだのだが

——。

晴美たちのちょうど前の席に、休憩後にやって来た客がいた。

「後半だけ聴きに来たのね」

と、晴美が言うと、山本亜紀は声をひそめて、

「音楽評論家よ」

と言った。「うちの大学にも、たまに来てるわ」

なるほど。仕事で聴きに来ているのか、と晴美は思った。ところが、後半の曲が始まると、五分とたたない内に、その評論家の「先生」は眠り込んでしまった。

それも、かなりはっきり聞こえる寝息をたてて。当然、山本亜紀としては面白くない。

しかし、後ろからつつくわけにもいかず、顔をしかめてにらんでいるしかなかったのである。

——「先生」はみごとに終りまでぐっすり眠り、アンコールだけ聴いて行った。

その「先生」が、今、エレベーターから出て、ロビーを横切って行ったのである。

そうだ。確か村山とかっていったわ、あの人。コンサートの後で、山本亜紀が、

「アンコールしか聴かないで、演奏会評とか書くんだから」

と言ってたっけ。

でも、音楽評論家が、この〈エステサロン・サカイ〉に何の用だろう？　どう考えても自分が美顔コースを受けに来たとは思えないが……。

晴美が首をかしげていると、片山がロビーへ入って来るのが見えた。

「さあ、どうでしょう」

と、片山が突然言ったので、晴美はびっくりし

て、

「お兄さん、大丈夫？　どこかネジが外れてない？」

「大丈夫だ」

片山は、ちょっとむくれて、「今、散々『さあ、どうでしょう』って言われて来てくたびれてるんだ」

「何よ、一体」

と、晴美は苦笑した。

酒井久里子の話を聞いて、ロビーに下りて来た片山と、晴美は二人――プラス、ホームズ――で、近くの洋食屋に入って夕食をとることになったのである。

「――客商売で成功したわけだからな」

と、片山はオーダーをすませてから言った。

「愛想がいいのは確かだ。しかし、何を訊いても、『さあ、どうでしょう』なんだ。あの洞窟に閉じ込められたとき、何か変ったことはありませんでしたか、と訊いても、『さあ、どうでしょう』だ。『ありませんでした』とも言わない。よく憶えてない、誰がどんなだったかよく見ていなかった……。三十分話を聞いたが、結局〈エステサロン〉の宣伝を聞かされて終りだ」

「お兄さんに宣伝するの？」

「『男性の方々も、もっとご自分の顔に責任をお持ちにならなくては』だってさ」

「じゃ、男性のニーズもあるの？」

「あるそうだが、あんな所へ通えるか。何万円も取られるんだぞ」

「おこづかいが失《な》くなっちゃうわね」

と、晴美は言って、「じゃ、村山って人もエステに来てたのかしら……」

「――村山？」

「ああ、ちょっとロビーで見かけたの。この間、コンサートで――」

「この〈村山〉か？」

　片山がポケットから折りたたんだリストを取り出して広げた。「この中に、〈村山貴文〉ってのがいるぞ」

「え？　――もしかして、音楽評論家の？」

「〈K芸術大〉の教授って肩書だ。明日会うことになってる」

「その人だわ。お兄さんの来る少し前に、〈エステサロン・サカイ〉のビルから出てったわよ」

「本当か？」

　酒井久里子は、あの事故の後、一緒に閉じ込められていた他の六人とは会っていないと答えたのだ。

　死んだ二人、仲間千枝と小泉昭夫についても、

「とんでもないことでしたわね」

と言っただけで、どういう人たちだったか全く知らないと言った。

「もし、村山と会ってたとしたら、何か隠すわけがあったのか……」

　しかし、久里子は明日からパリに行くと言って、

「これから仕度をして、羽田のホテルに泊ります」

と言っていた。

「――仕方ない。明日村山って男と会ったときに訊いてみよう」

　片山はそう言って、運ばれて来たハヤシライスに目を輝かせた……。

6　密会

時には、何も言わないのが一番効果的だということ。

橋爪《はしづめ》さつきは、それをよく心得ていた。

出勤前、いつもならせかせかとトーストを食べながら、妻のさつきに口もきかない橋爪治《おさむ》だが、今朝は、コーヒーを飲みながら、

「おい、お前、この間何か言ってなかったか?」

と言った。「来週辺り、どこかへ旅行するとか、って」

「私、そんなこと言った?」

と、さつきは澄まして、「――ああ、お茶のお友達同士でね」

「そうそう。確かそう言ってただろ?」

「無理に行かなくてもいいんだけどね」

と、さつきもコーヒーを飲みながら、「でも、お付合いも大事だから……」

「そうだよ。行って来るといい」

橋爪はホッとした様子で、「さて、行くかな」

「今夜は遅いの？」

「どうかな……。遅くなるようなら電話する」

そう言って、橋爪治は玄関へと出て行った。

「じゃ、行ってくる」

「行ってらっしゃい」

欠伸しながら夫を見送って、さつきは玄関の鍵をかけると、つい笑ってしまった。

そして、ダイニングへ戻ると、自分もトーストを焼いてのんびりと食べながら、

「あんなにびくびくしながら浮気して、楽しいのかしらね」

と呟いた。

一人娘の典子《のりこ》がワンルームマンションを借りて大学へ通うようになって、この家が急に広く感じられる。

夫、橋爪治は、もともと若い女の子に目がないのだが、それでいて恐妻家。まあ、恐妻家だから若い子に息抜きを求めるというところもあるのかもしれない。

出張の多い仕事なので、ときどき彼女と出張の旅行先で落ち合って、一泊長く泊ってくる、というのがいつものパターン。

ところが……。

この間は、旅先で、何と洞窟の中に閉じ込められてしまうというはめになった。どうやら、彼女の方は前の夜に旅館を出てしまっていたらしいのだが、ニュースで顔が出てまずかったのは、「出張先」とは全く違う方角の温泉だったことである。

それでも、会社へは「出張」で通していられるのは、一応橋爪治が〈H工機〉の部長という立場

であるからだった。

　しかし、さつきの目はごまかせない。そして、夫の方もさつきにばれていることを分っている。

　命拾いして帰宅したものの、さつきからいつ責められるかと気が気ではないのだ。だから、朝食のときに、「旅行に行けば」などと言い出した。

　考えていること、やることなすこと、いやになるくらい見え透《す》いているので、さつきもいちいち腹を立ててはいられない。

　それに……。

　さつきのケータイが鳴った。

「――もしもし」

「おはよう！」

　やたら元気のいい若い男の声がした。

「田中《たなか》君、今朝はずいぶん早起きね」

と、さつきは言った。

「いやだなあ。そう毎日夜ふかししてませんよ」

「主人、ついさっき出かけたのよ。あなたから電話があったら、説明が厄介じゃないの」

「あれ、奥さんもそんなことに気をつかうことがあるんですね」

「生意気なこと言って。子供は人妻の心理なんか知らなくていいの」

　と、さつきはコーヒーをひと口飲んで、「ゆうべは典子と会ったの？」

「ええ。〈Ｐ〉で食事して、すみませんが彼女のカードで払ってもらいました」

「構わないわよ。払うのは主人なんだから」

　夫、橋爪治の家族カードを、さつきももちろんだが、娘の典子も好き勝手に使っているのである。

「彼女、ここんとこワインに詳しくなりましてね」

と、典子と同じ大学の二年先輩、田中一郎《いちろう》は言った。

「まだ二十歳なのに？　まあ、十七、八から飲んではいたけど。——飲み過ぎないように気を付けてね。値段の高いのはいいけど」

「了解です。おかげさまで、僕も高級ワインの通になりそうですよ」

「それで——典子とどこかに泊ったの？」

「いえ、ゆうべは彼女も朝までに仕上げるレポートがあると言って。でも、たぶんマンションに帰るなりぐっすり眠っちゃってますよ」

「そうだったの。次の約束はした？」

「週末に映画を見る予定です。まあ、どうなるか分りませんけどね」

「悪いわね、あんな気紛《きまぐ》れな子の相手をしてもらって」

「そんなこと、いいんです。それより、ちょっと……」

と、田中が口ごもった。

「分ってるわ。ちゃんと料金は払うわよ。どこかで会える？」

「あ、それももちろんあるんですが……」

「何か他に？」

「ちょっと気になってることが……。お会いしたときにお話しします。いえ、大したことじゃないんですよ」

さつきは明日の午後に田中と会う約束をして切った。

「——何かしら」

田中があんな風にはっきりしないのは珍しい。今どきの、何でも時間単価に換算できる男の子なのに。

むろん、典子は知らないが、さつきは田中に「アルバイト」として、典子の行動の報告をさせていたのだ。

　典子が高校生のとき、家庭教師に来ていた田中は、妙にさつきと気が合った。典子が田中と関係を持ったときも、どこの誰か分らない相手よりは、と安心していたのである。

　田中はちゃんと避妊もしていたし、さつきに知られていることも承知していた。

　大学生になり、一人暮しを始めた典子だが、今のところ田中との仲に満足しているようだった……。

「――少し値上げしておこうかしらね」

　田中への「アルバイト代」を封筒に入れながら、さつきはそう呟いて、一万円札を少し余分に足したのだった……。


　さつきが田中と電話で話していたころ、クシャミはしなかったが、夫の橋爪治も、ケータイに出ていた。

　駅の改札口にあと五分ほどという所だった。

　ポケットで鳴り出したケータイを見て、橋爪はギクリとした。

「――もしもし」

「良かったわ。出てくれて」

「今、駅に向ってるところなんだ。どうしたんだ？　こんな時間に……」

「会いたいの」

　と、玉井《たまい》照子《てるこ》は言った。

「ああ……。そりゃ、僕だって会いたいけどね――」

「違うの。大事な話があるのよ」

「話？　でもな……。今はちょっと。もうじき駅に着くんだ。今夜、うまく抜けられたら——」

「待ってられない」

と、玉井照子は遮《さえぎ》って、「急ぐの。本当よ」

「しかし……こんな状況で話は——」

「大丈夫。すぐ近くよ」

「え？」

「私、駅の前にいるわ」

「何だって？」

橋爪は、駅前の横断歩道まで来ていた。

赤信号で足を止め、駅の方へ目をやると、赤いコートの玉井照子がケータイを手に立っているのが目に入った。

「——どうしたっていうんだ？」

改札口から少し離れると、橋爪は言った。「こんなこと……」

「いいじゃないの。誰も知ってる人なんかいないでしょ」

「そりゃそうだけど……。朝は会議があって、出なきゃいけないんだ」

「欠席して。病気で休むことぐらいあるでしょ」

橋爪は面食らっていた。——玉井照子とは、ここ一年ほどの仲で、あの洞窟での出来事のとき、一緒に泊っていたのは照子だった。

もちろん、彼女は前の日に東京へ帰ったので、洞窟に閉じ込められずにすんだのだったが。

「分ったよ。しかし、どこで話すったって……」

「タクシーがいるわ。ホテルに行きましょ」

照子が、こんなに強引に誘ってくるのは初めてのことだった。仕方ない。

「ちょっと待ってくれ。秘書にメールを入れとく」

もともと、会議といっても部長である橋爪が開くのだから、予定を変更すればすむことなのだ。

「早く行きましょう」

　メールを送信しようとする橋爪の腕を取って、照子はタクシーの方へ引張って行く。

「ちょっと——ちょっと待ってくれよ」

　橋爪は危うく転ぶところだった……。


「どうもお役に立てませんで……」

と、村山は言った。

「いえ、とんでもない」

　片山は手帳を閉じて、「大変な思いをされていたんですから。それに、あの七人の中にお知り合いはいなかったわけでしょう」

「ええ。ときどき、ああして一人で旅に出るんですよ。何しろいつも穴ぐらみたいな生活をしているのでね」

「コンサートとか……」

「ほとんど毎晩のように、コンサートがあるのでね。いや、東京は世界一コンサートの数が多いでしょう」

　そこで居眠りして、アンコールだけ聴いて帰るわけですね？　——もちろん、そんなことは言わない。

　片山が村山貴文と会っているのは、コンサートホールの入ったビルの一階にあるカフェだった。

　あの洞窟で、何か仲間千枝が殺される理由になりそうなことに気付かなかったか。——そう期待していたわけではないが、村山の答えは、酒井久里子と同様、

「さあ、一向に……」

　のくり返しだった。

もちろん、片山はさりげなく訊くことを忘れなかった。

「その後、他の六人の方とお会いになりましたか?」

「いいえ。――ああ、見かけてはいます。西田雄一君のことはね」

「指揮者でしたね」

「そうです。あの後、彼の指揮するコンサートを一度聴いています。でも、話したりはしていません」

「分りました」

酒井久里子の会社を訪ねていることを、なぜ隠すのだろう?

片山は今、そこを突くより、もう少し周辺の事情を当ってみようと思った。

カフェを出ると、

「そうだ。刑事さん、西田君とも会われるんですね? それなら、ちょうどここのホールで、今〈MKオーケストラ〉のリハーサルをやっていますから、当然西田君もいますよ」

と、村山が言った。

「そうですか。じゃ、声をかけてみましょう」

「リハーサルには、ちゃんと休憩がありますから」

村山はちょっと会釈して、ロビーを正面玄関の方へと向った。

片山は何となく見送っていたが……。

玄関の自動扉の所で、村山はちょうど入って来た若い娘とすれ違った。

片山は、その娘が遠目に見ていても分るほどハッとして村山を見るのに気が付いた。

村山の方は何となくチラッと娘を見たが、気にとめる様子はなく、そのまま外へ出て行った。

娘は、この建物に来るのが初めてらしく、ロビーの中をキョロキョロ見回しながら歩いていたが、〈インフォメーションセンター〉というカウンターを見付けると、おずおずと近付いて、制服姿の女性に、

「あの……」

と、声をかけた。「すみませんけど……」

「何でしょう?」

「〈MKオーケストラ〉の西田さんにお会いしたいんですが」

「は?」

「いえ、あの――ここでオーケストラの演奏があると……」

「昼間はコンサート、ありませんよ」

と、素気《そっけ》なく、「よく調べてから来て下さいね」

「すみません……」

それ以上は訊くこともできない様子だった。

〈MKオーケストラ〉の西田といえばおそらく……。

心細い様子で、ロビーを見回している娘に、片山は、

「ね、君」

と、声をかけた。「君が会いに来たのは、指揮者の西田雄一さん?」

「え? ――はい、そうです」

と、ちょっと怯《おび》えた様子で言った。

「今、ここの大ホールでリハーサル中らしいよ。僕も用があって、西田さんに会いに行くんだ。一緒に行こう」

「そうですか」

娘はホッとした表情で、「よろしければ、ぜひ

……」

「そこのエスカレーターで上に行くんだ」

「凄い建物ですね」

と、娘は半《なか》ば呆然《ぼうぜん》としたように言った。

「君、ここは初めて？」

「ええ。――というか、東京に出て来たばかりで……」

「西田さんの知り合い？」

「はい。あの……知り合いといっても、特別にどうというわけじゃ……」

「いや、別に何の用でも構わないよ。僕は片山といって、刑事だ」

「刑事さん？　どうして西田さんに……」

「二、三訊きたいことがあってね。大したことじゃないけど」

そう付け加えたのは、何といっても、刑事から「訊きたいことがある」と言われたら、たいていの人はギョッとして身構えてしまうからだ。

その娘も、一瞬表情をこわばらせたが、片山のおっとりした雰囲気に安堵《あんど》したようだった。

「そうですか。私、今田秋といいます」

と、娘は言った。

エスカレーターで大ホールの前に着くと、ホール入口は閉っていたが、ガラス扉越しにスタッフらしいスーツ姿の女性が見えた。

片山が身分証をガラス越しに見せると、扉を中から開けて、

「あの、何か……」

片山が用件を告げると、少しホッとしたように、

「ではどうぞ中へ。あと十分ほどでリハーサルが休憩に入りますので、お待ちいただけますか」

「ええ、もちろんです」

　ホールの中から、かすかにオーケストラの演奏が洩《も》れてくる。

「――片山さん、でしたか」

と、その女性は名刺を出して、「私、〈MKオーケストラ〉の事務局の相沢《あいざわ》良子《りょうこ》と申します」

　そして、ホールの方へ目をやると、

「あの――リハーサルの直後は、西田、たいてい興奮していて……。ちょっと失礼なことを申し上げるかもしれないので」

　と言った。

「大丈夫です」

と、片山は微笑んで、「それと、もう一人――」

と振り向いて、「あれ？」と思った。

　あの今田秋という娘の姿が、いつの間にか見えなくなっていたのだ。

7 冷たい日

「何だって……」

と、橋爪は言った。

問いかけたわけではない。玉井照子の言葉ははっきり聞こえていたし、その話の内容も分っていたからだ。

「だから、そういうことなのよ」

と、照子は言った。

――何時間か会うときに使うホテルの一室だった。

こんな午前中の早い時間に、ベッドを共にすることなど、初めてだったが、それはそれで、橋爪も楽しんでいた。ただ、どうして照子がそんな気になったのか、ふしぎではあったが。

そして、息をついて汗ばんだ体を横たえているとき、照子が言った。

「妊娠したの」

分っていたような気もしたし、あまりに思いがけないことだったようでもあって、橋爪はただ、

「何だって……」

とだけ言ったのである。

「聞こえたでしょ」

と、照子は言った。

「ああ。しかし――確かなのか」

照子は橋爪をにらんで、

「本当に俺の子か、って言うつもり？　何ならDNA鑑定でも何でもしてちょうだい」

「いや……そういう意味じゃなくて……」

「じゃ、どういう意味よ」

「だって……飲んでたんだろ、ピルを」

照子は肩をすくめて、

「あれもね、飲み方が難しいのよ。それに百パーセント確実じゃないし」

「うん……。そうか」

何か言ってもむだだろう。――橋爪は、ともかく可能性を否定できない以上、照子を怒らせてもしょうがない、と思った。

「じゃあ……どこかいい医者を捜すよ」

と、橋爪は服を着ながら言った。

「医者を？」

「うん。だって――産むつもりじゃないだろ？」

「まあ、それはね」

「ちゃんとした医者でないと。当ってみるよ」

「それだけ？」

と、照子は言った。

「――どういう意味だい？」

「あなたが私を妊娠させたのよ。奥さんや会社に知れたらまずいでしょ」

「おい、照子……」

「一本ね」

「――何の話だ?」

「慰謝料よ。当り前でしょ」

「そんなことを……」

と言いかけて、橋爪は、照子の冷ややかな視線に出くわして口をつぐんだ。

「辛《つら》い思いをするのは私よ。それに黙っててあげるんだから、その礼もね」

「だけど……百万も出せって言うのか?」

「間違えないで。一千万よ」

橋爪は愕然とした。照子は微笑んで、

「一流企業の部長さんだもの、それぐらい出せるでしょ?」

と言った。

橋爪は、血の気《け》のひく思いで、立ちすくんでいた。


ついさっきまでとは、全く別人の照子がいた。


「ええ。千枝から電話をもらいました」

と、西田雄一は肯いて、「じゃ、あのとき殺されたんですか?」

「あなたと話したすぐ後だったようです」

と、片山は言った。

「可哀そうに……。あの子を殺すほど恨んでた人間なんていたのかな」

ホールの控室で、片山は西田雄一と話していた。

「ごく最近別れたとか……」

と、片山が言うと、二人の話を傍で聞いていた相沢良子が、

「でも、ケンカ別れしたんじゃありません」

と、口を挟んだ。「仲間さんは他にも大勢付合ってる男性がいて……」

「相沢さん、心配しなくていいんだよ」

と、西田は言った。「あのとき、僕は行きつけのレストランで食事してた。音楽関係者とね。ちゃんとアリバイがある」

「いや、西田さんを疑ってるわけじゃありませんから」

と、片山は言った。「ただ、洞窟に閉じ込められたときは一緒でしたね」

「ええ、そうでした。最初に救助が来たことに気付いたのは彼女でしたよ。やっぱり若いからでしょうかね」

「それで——洞窟の中に閉じ込められていたときですが、七人いたんですね。そのとき何か変ったことはありませんでしたか？」

片山の問いに、西田はちょっと当惑したように、

「変ったことというと？　もちろん、助からないかもしれないと思ってましたから、千枝は泣き出したし、他に色々グチをこぼしてる人もいたし……。あの洞窟でのことが何か事件と関係が？」

「まだ分りません。ただ、仲間千枝さんの他に、小泉昭夫という人も亡くなったんです」

「殺されたんですか？」

「分りません。ただ、偶然かどうか……」

「でも、まさか……」

と、西田が首をかしげる。

控室のドアがノックされて、開くと、

「リハの続きをお願いします」

と、オーケストラのメンバーが顔を出した。

「すぐ行くよ」

と、西田は肯いて見せた。「では……」

「あと一つだけ」

と、片山は言った。「千枝さんが付合ってた他

の男性と、何かトラブルがあったとか、聞いていませんでしたか?」

「いえ、何も。ともかく明るい子でしたよ。人の悪口は聞かなかったですね。ほとんど」

「そうですか。――どうも」

――片山が控室を出ると、ホールの方からオーケストラの演奏が聞こえて来て、それが途切れると、

「もっとリズムを強調して!　もう一度!」

という西田の声がした。

「あの……」

相沢良子が片山をホールの出口まで送って来て、

「これって、何かスキャンダルになったりしないでしょうか」

と、不安げに言った。

「どうしてです?」

「外部の方にはお分りにならないでしょうが、私ども〈MKオーケストラ〉はまだ新しいオーケストラで、しっかりした経営基盤ができていないのです。もちろん、みんな頑張っていますし、西田さんも少しずつ知られては来ていますが、西田さんの名前だけで、こういう大ホールを一杯にするところまではいきません」

「なるほど」

「今、西田さんが何か――殺人事件に係《かかわ》っていたという噂《うわさ》でも流れますと、オーケストラにとって、大打撃です」

と、相沢良子は言って、「それに……」

と言いかけて、ためらった。

「何です?　もちろん、事件と関係ないことを公《おおやけ》にはしませんよ」

と、片山が言うと、相沢良子はちょっと苦笑し

て、

「〈ＭＫオーケストラ〉について、音楽関係者なら、たいてい知られていることですけど……」

「何のことです?」

「パトロンです」

「オーケストラにパトロンが?」

「ええ。コンサートの収入だけでは、とても運営していけません。それはほとんどのオーケストラが同様です。それぞれ、色々な企業にスポンサーになってもらって、何とかやりくりしているのが実情です」

「すると〈ＭＫオーケストラ〉の場合は……」

「岡本江美さんという経営者の方が。〈オカモト・グループ〉という企業グループのオーナーです」

「その人が出資を?」

「ええ。〈ＭＫ〉は岡本さん一人のお金でもっているんです。毎年何億円というお金を出して下さっています」

相沢良子の表情が暗くなった。その岡本江美という女性に感謝している風ではない。

「よほどの音楽好きなんですか」

と、片山が訊くと、

「いえ、音楽にはほとんど興味がおありでないと思います」

と、相沢良子は即座に言った。

「すると……」

「西田さんに興味をお持ちなんです」

「なるほど。つまり、西田さんとその岡本という女性が……」

「岡本さんは四十五歳で、二十四歳の西田さんの母親といってもいい年齢ですが、二人は——そういう関係で」

「つまり、西田さんがスキャンダルに係ると、岡本さんが……」

「〈オカモト・グループ〉のイメージが悪くなるのを嫌うでしょう。今のところ、西田さんとうまく行っていますが……」

「そういうことですか」

片山は肯いて、「大変ですね、どの世界も」

と言った。

「どうかよろしく」

と、相沢良子は深々と頭を下げた。

「しかし、その岡本さんという方は、西田さんと仲間千枝さんのことを……」

「もちろんご存じでした」

「構わなかったんですか?」

「西田さんが若い女の子と遊ぶことは気にしておられませんでした。ご自分が忙しくて、そういつも西田さんと会っていられないせいもあって。でも——もし、西田さんが本気で誰かを好きになったら、どう思われるか……」

片山は、相沢良子が西田のことを好きなのだろうと察した。一見して地味な印象だが、西田のことを心から心配していることが分る。

そして、ふと思い出した。

このホールまで一緒に来ていた娘、今田秋のことだ。いつの間にか姿を消してしまったのは、相沢良子に見られるのを避けたのかもしれない。

もちろん、片山も彼女のことは口にしないまま、ホールを出たのだった。

——エスカレーターでロビーへ下り、片山は隅の方に立っている今田秋に気付いた。

「やあ」

と、歩み寄って、「どうしたんだい？　いなくなっちゃったから――」

「あの……私のこと……」

と、不安げに片山を見る。

「いや、何も言ってないよ」

「そうですか」

と、今田秋はホッとした様子で、「あの相沢さんって方に見付からないようにしろと言われているので」

「西田さんから？」

「ええ。本当は来ちゃいけなかったんです」

と、秋はホールの方を見上げて、「でも、つい会いたくなって……」

「今はもうリハーサルが始まってる。声をかけても出て来られないだろう」

「いいんです。私、西田さんの近くに来ただけで幸せ」

心からそう言っていると分る。――片山は、

「君は西田さんとどこで知り合ったの？」

と訊いた。

「働いている旅館です」

「旅館？」

「〈ホテル〉って名が付いてますけど」

片山は表に出ると、

「ちょっと甘いものでも食べて行かないか？」

「え……」

と、秋が戸惑ったように足を止める。

すると、

「こら！　甘いもので女の子を引っかけようなんて、だめよ」

「ニャー」

「何だ、こんな所で――」

晴美とホームズだったのである。

「この人なら大丈夫よ」

と、晴美が今田秋に言った。「ちっとも下心なんかないの。そんな度胸のない人だから」

「度胸とは関係ないだろ」

「ニャー」

秋はホームズの方に気を取られていて、

「こんな猫ちゃんになら、誘われればどこでもついて行くけど」

と言った……。

「じゃ、君があの洞窟から七人を救い出したのか」

と、片山は肯いて、「そういう娘さんがいたってことは、現地の警察からの報告を読んで知ってたけど、名前が載ってなかったんでね」

「私は、皆様のことを思い出しただけで、別に救い出したわけでは……」

と、今田秋はちょっと照れたように言った。

そう言いながら、山盛りのチョコレートパフェをせっせと食べている。

甘味の店で、片山は抹茶のアイスを食べていた。パフェはとても食べ切れない。

「でも、あなたが思い出さなかったら、みんな助からなかったんだもの」

と、晴美が言った。「やっぱり、その七人にとっては、あなたこそ命の恩人よ」

「それは……。西田さんを助けられて、本当に幸せでした」

「でも――西田さんは若い女の子と一緒だったんでしょ?」

「はい。いつものことで」

「そんなに？」

「でも、それで良かったんです。可愛《かわい》い女の子を連れて、ニコニコしてる西田さんを、いつも憧れて遠くから眺めていました」

と、秋は言った。

「すると、西田さんと、その……」

「三月《みつき》ほど前です。――西田さん、やっぱりファンの女の子と一緒で」

「へえ……」

「でも、夕食のとき、その子がワインを飲んで酔っ払っちゃったらしいんです。それでさっさと眠っちゃったので、西田さん、仕方なく夜中に大浴場に……。私はちょうど仕事を終えてお湯を浴びて出たところでした。浴衣で出て行くと、西田さんも浴衣で涼んでてて……」

　秋の口元に笑みが浮んだ。「私のこと、すぐに玄関ではきものを揃えてた子だと分って下さったんです。名前を訊かれて、『今田秋です。〈あき〉は季節の〈秋〉って書きます』って言ったら、『いい名だね』と言ってくれて……。私、もうドキドキして、何も分らなくなったんです。いつの間にかキスされて……」

　相手が眠ってしまったので、その代りだったのかとも思えるが、秋にとってはどうでも良かったのだろう、と片山は思った。

「それで、あのときは……とっても明るいにぎやかな人と一緒で。いつもの西田さんの好みと違うなって思ったんです。やっぱり、西田さん、ちょっと疲れたみたいで。夜、遅くに呼び出されて……。私、このとき、本当に夢中になったんです。この人について行きたい、って。でも、もちろん夢物語でした。そして、あの洞窟のことがあって……。東京へ帰られるとき、私をこっそり呼んで、『東京へ来ないか』と言われたんです」

ひたむきに西田に恋している気持がにじみ出ている。

「――そうか」

と、片山は言った。「村山さんとすれ違ってハッとしてたね。あの七人の一人だったから、憶えてたんだ」

「ええ。――TVで記者会見があったでしょう。録画しておいて、何度も見たので、皆さんのお顔を憶えてしまって」

パフェをきれいに平らげると、「でも、刑事さんのお話だと、あのときの女の人が殺されたとか……」

「そうなんだ。まあ、関係があるかどうか分らないけどね」

「あの洞窟にいた方たち……。でも、皆さん、お互い知り合いでも何でもなかったんですもの」

「洞窟の中で何かあった、とか聞いたことはない？」

「さあ……。ただ、誰だかが、『告白』がどうしたとか……」

「告白？」

「何のことか分らないんですけど、救出されて戻られたとき、皆さん、カレーを召し上って。私、お水を注いで回ったんですけど、どなただったか、『あの告白』がどうとかおっしゃってました」

「告白か。何の告白だろう？」

「分りません。ただ西田さんが無事で嬉しかっただけで」

そんな「告白」のことは、酒井久里子からも、村山からも聞いていない。

「まだ話を聞いてない人がいるんでしょ?」

と、晴美が言った。

「うん」

片山はリストを眺めて、「二人が死んで、三人、話を聞いた。あと二人だな。〈浜田洋子〉と〈橋爪治〉」

——甘味の店を出て、「ごちそうさまでした」と、くり返し礼を言って帰って行く今田秋を見送って、

「西田って人が、ただの遊びであの子を呼んだんでなきゃいいけどね」

と、晴美が言った。

「ニャーオ」

ホームズがタタッと駆け出す。

「ホームズ、どうしたの?」

ホームズの見ている方へ目をやると、コートをはおった男が、秋の後から歩いて行く。

「お兄さん……」

「彼女の後を尾《つ》けてるらしいな」

と、片山は言った……。

晴美が片山をつついた。

「——何だよ?」

「あの男を尾けたら? あの子のことが心配でしょ」

「俺は別に……」

と、片山は言いかけたが、すぐに小走りにコートの男を追いかけて行った。

気のせいではないらしい。

片山は、そのコートの男が間違いなく、今田秋の後を尾けていると分った。

秋は地下鉄の駅へと、エスカレーターを降りて

行った。そしてコートの男も。

秋は、地下鉄の切符を買おうとして、細かいお金がなかったらしく、近くの売店に行って、週刊誌を買った。

コートの男は、路線図を見上げるふりをして、チラチラと秋の方へ目をやっている。

片山はケータイを取り出すと、メールを読むような格好で、その男の横顔を撮った。

秋がホームへと下りて行く。そして乗車口の印の所に立った。

片山はちょっと緊張した。あのコートの男が、秋から数メートル離れて、ベンチのそばに、秋の方に背を向けて立ったのである。

尾行するつもりなら、妙な位置だ。

秋は全く尾行に気付いていないのだから、もっと近くにいてもいい。

「間もなく一番線に電車が参ります」

というアナウンスが流れて、秋が電車の来る方を覗いた。

ゴーッという電車の音が、少しずつ大きくなって来る。

秋の隣に中年の女性が並んで立った。

コートの男がベンチから離れると、秋の真後ろに、しかし三メートル近く距離を置いて立つ。

おい……。まさか……。

男は左右へ素早く目をやった。体が緊張するのが分る。

こいつは——。

電車がホームへ入って来る。男が大きく一歩踏み出した。

「——やあ！」

片山は秋の肩を叩いて言った。

「あら、片山さん」

秋がびっくりして、「どうして……」

「いや、この地下鉄で行く所があってね」

と、片山は言った。

コートの男が、足早に階段の方へと立ち去った。

「偶然ですね」

と、秋は笑顔になって、「私、夕飯の買物して帰ろうかと思って、ちょっとデパートに」

「そうか。今、デパートの地下は何でも売ってるからね。僕も菓子を買って帰るかな」

「片山さん、甘党？」

「妹には、太るからやめろと言われてるけどね」

「東京は沢山売ってるのよね。甘いものが」

と、秋は言った。

「じゃ、一緒に売場を覗こうか」

「ええ！」


片山は秋と地下鉄に乗り込んだ。

――一体誰がこの娘をホームから突き落とそうとするだろう？

片山は、秋の明るい笑顔を見て、憤《いきどお》りを覚えたのだった……。

8

役割

「はい、そこで立ち止って！」

と、演出家の声が飛んで来る。

洋子は足を止めて、振り返った。

「そうそう！　――今のタイミング、憶えていてね」

「分りました」

と、浜田洋子は肯いた。

「もう時間だな」

というひと言で、出演者たちは一斉に息をつく。

「じゃ、次回は……二週間後か」

「よろしくお願いします！」

みんなの声が、稽古場に響いた。

「――ああ、暑い！」

洋子は首に巻いていたタオルで、汗を拭いた。

スポーツをしているわけでもないのに、汗をかく。しかし、それは快《こころよ》い汗だった。

「――お疲れさま」

各々《おのおの》、ゆっくり話をする暇もなく、出て行く。それぞれに仕事もあり、アルバイトやパートもしている人たちなのだ。

洋子は、衝立《ついたて》のかげに入ると、汗で濡《ぬ》れたTシャツを脱いで、上半身の汗を拭くと、服を着た。

浜田洋子は、この小さな劇団の中では、恵まれている方だろう。

通訳の仕事が、途切れずに入ってくるし、それは洋子の努力ゆえでもある。

もちろん、このお芝居のために、受けられない仕事もあるけれど、洋子はどこでも一度使ってもらうと、気に入られて、次も仕事が来る。

「お疲れさま」

稽古場の戸口で、演出家が待っていた。

「ありがとうございました」

と、洋子は礼を言った。

実際は洋子の方が年上なのだが、立場で言えば、洋子は役者、相手は演出家の「先生」である。

稽古場を出たのは、二人が最後だった。

稽古場といっても、今は使われていない倉庫である。もちろん空調《くうちょう》などないので、夏は蒸《む》し風呂のようになる。

それでも、劇団仲間は集まってくるのだ。

――もう夜の十時を回っている。

「しかし、皆さん、熱心ですね」

と、演出家は言った。

仁科克彦《にしなかつひこ》という名で、もちろんまだ無名と言っていい。フリーの立場で、今回は浜田洋子の所属する劇団〈西風《にしかぜ》〉に依頼されて仕事をしている。

「――いやになりません？　私みたいに進歩しない役者を見てると」

と、洋子は仁科と一緒に駅への道を辿りながら言った。

「そんなこと……。熱意にうたれますよ、皆さんの」

と、仁科は言った。

「あ、うまく逃げましたね」

と、洋子は笑った。

仁科は三十一歳。洋子より七つも年下だ。洋子は、何だか弟と話しているような気がしてくるのだった。

「洋子さんは通訳ですって?」

「誰から聞いたんですか?　——一応はそうです」

「英語の通訳?」

「英語とドイツ語です」

「凄いな。僕なんか日本語だって怪しいのに」

「お芝居のプロがそういうことを……」

「とてもプロなんて言えませんよ。芝居の演出だけじゃ、とても食べていけません」

「安い演出料ですみません」

と、洋子が言うと、仁科は笑って、

「いや、ちゃんと毎回現金でいただけるんでありがたいですよ。公演してチケット代が入らないとお金が出ない劇団が珍しくないですからね」

「それは〈西風〉が素人《しろうと》劇団だからですね。みんな一応仕事を持っている人たちですから」

だから、〈西風〉には五十代の主婦もいれば、定年過ぎの男性も、二十代の女性もいる。

駅前に来ると、仁科は、

「どうです、その辺で夕飯でも」

と言った。

「お気持はありがたいんですけど、ゆうべ作ったカレーが残ってて、食べてしまわないと」

「それじゃ、また今度――」

「ええ。失礼します」

洋子は、真直ぐに改札口へ向って、振り返らなかった。

　ホームへ上ると、電車は行ったばかりなのか、人はまばらだった。

　どうしてだろう。逃げるように急いでホームまでやって来てしまった。

　分っている。――今の洋子は、男が怖いのだ。

　いや、あの演出家の男性、個人が怖いのではない。彼はやさしく、いい人だ。

　洋子は、今の芝居の稽古に入ってすぐから、仁科が自分に好意を持っていることは気付いていた。

　もちろん、年齢《ねんれい》からいっても、洋子は仁科より七つも年上だ。今はそんな取り合せのカップルも珍しくないことは、洋子だって知っている。古風な観念に捉《とら》えられているわけではない。

　ただ――今はまだ、桂木との付合いで受けた傷が、治り切っていない。触れれば出血してしまいそうな気がする。

　正直、仁科に好かれて、悪い気はしない。それに応えるには、洋子にその準備ができていないのだ。

　今回のように、夕飯の誘いでも、何度も断われば、仁科は諦めてしまうかもしれない。もっと若くて、魅力的な女性に心を移すようになるかも……。

「それでいいんだわ」

　という呟きを、近付いてくる電車の音がかき消した。

定食を頼んで、おしぼりで手を拭いていると、仁科のケータイが鳴った。

誰だろう？　覚えのない番号だったが、フリーの立場では、どんな電話にも出ないわけにいかない。

「――もしもし？」

少し間があって、

「教えてやるよ」

という男の声。

「は？」

「あの女は俺のものだったんだ」

「――どなたです？」

「洋子に訊いてみろ。あいつは俺のものだった。いつでも、俺が呼べば、犬のように尻尾《しっぽ》を振って飛んで来た」

「何を言うんだ。あんたは――」

「俺は飽きて、洋子を捨てた。あんな使い古しを好きになるのはやめとけ。忠告しとく」

そう言って、切れてしまった。

「――ふざけてる！」

腹を立てて、仁科はケータイをにらみつけた。

しかし、どうして仁科のケータイ番号を知っていたんだろう？　そうだ。そして、仁科が浜田洋子に惚れていることを、なぜ知っているのか。

「――放っとけばいい」

どうせ、ろくでもない男なのだ。洋子がそんな男と？　まさか！

仁科は、定食が運ばれてくると、むやみに勢いよく食べ始めた。

「でも、大丈夫なの、あの子？」

と、晴美がご飯を食べながら言った。

「え?」

片山は、ちょうどお茶漬をかっ込んでいるところだったので、すぐには返事ができなかった。

「あの今田秋って子よ。ホームから突き落とそうとした男がいたんでしょ?」

「ああ……」

片山は、食べ終えて、息をつくと、「だから、あの子のアパートまで送って行った。そして話したよ」

「怖かったでしょうね」

「うん……。しかし、半信半疑って様子だったな。自分を狙うなんて、想像がつかないって言うんだ」

「それはそうでしょうね」

「ただ、どんな事情か分らないが、用心するようにに、とは言っておいた。——あの指揮者の西田にも話しておくように言ったよ」

「ずっと彼女についててあげるわけにもいかないものね」

「だから、あの子のアパートにいるときに、一度巡回のパトカーに立ち寄ってもらったんだ。以前の知り合いが、あそこの署にいるからな」

「それは心強いわね」

「うん。何か怪しいことでも起ったら、すぐ彼に連絡しろと言ってある。パトカーがちょくちょく前を通ったら、狙う人間がいても警戒するさ」

片山の言うことを素直に聞いて、今田秋は親切にされて嬉しそうだった。

「——おっと」

片山のケータイが鳴った。

「浜田洋子と申します」

「ああ、どうも」

「留守電を聞きまして。遅くなってすみません」

「いや。会ってお話を伺いたいんですが」

「あの――どういうご用件でしょうか」

片山は、洞窟に閉じ込められた出来事と、そのときの二人が死んでいることを説明した。

「若い女の子のことは聞いています。可哀そうでした」

と、洋子は言った。「分りました。じゃ、明日にでも」

「よろしく。助かります」

場所と時間を決めて、片山は通話を切った。

「――これで、あと一人か」

と、片山はリストを見て、「橋爪という男だ」

「もう約束ができたの？」

「いや、まだだ。――何だか、〈H工機〉って会社の部長なんだが、どうも社内の噂になるのが怖いらしい」

と、片山は言った。「仕事時間中に電話して来るな、って言うんだ。じゃ、夜、自宅にいる時間に、って言ったら、『それは絶対にやめてくれ！』って。結局、向うから電話して来るってことになった」

「何だか分るような気がするわね」

と、晴美が言った。「その人、男一人で泊ってたんでしょ？　たぶん、実際は女の人と一緒だったのよ。それが会社にも、奥さんにもばれるとまずいってことじゃないの？」

「そう考えると納得だな。しかし、ともかく明日には何とか連絡を取る」

「ニャー」

と、ホームズが鳴いた。

「分ってるよ。サボってるわけじゃない」

「どうしたの？」

「殺された仲間千枝だ。犯人を見て、『あら』と言った。その顔を知ってたってことだろう」

「そうね。ということは、もしかすると洞窟で一緒だった誰か……」

「二人が死んで、残り五人。彼女と一緒だった指揮者の西田にはアリバイがある。あと四人の、その時刻のアリバイをもう一度確認しないと」

と言ってから、「しかし、日がたってしまうと、記憶はあてにならないからな」

片山のケータイが鳴った。「——今田秋だ。もしもし？」

「あの……片山さん」

何やら心細げな声を出している。

「どうかしたの？」

「あの……何だか、後を尾けられてるみたいなんです。もちろん——思い過しかもしれないけど、ごめんなさい、私の勘違いだったら——」

「そんなことはいいんだよ。今、アパートじゃないんだね？」

「ええ。西田さんと会っての帰りで……」

「一人で歩いてるの？　どこにいるんだ？」

「ええと……。よく分らないけど、ともかく駅へ向ってて、周り、あんまり人がいなくて……」

「住所のパネルが見えないか？」

「あ……。〈N区大崎《おおさき》町二〇の一八〉って書いてある」

「分った」

片山は手早くメモして晴美へ渡した。晴美が自分のケータイで石津にかける。

「——このまま話してるんだ。いいね」

と、片山は言った。「今、妹がその近くの交番に連絡をつけてる」

「――お兄さん」

と、晴美が言った。「石津さん、そこの駅前のモールにいるんですって。すぐ駆けつけるわ」

「分った。――秋君、すぐ刑事がそっちへ向う。駅への道は分ってるね？」

「ええ、一本道です」

「じゃ、少し速足《はやあし》で駅へ向って。走ると追いかけてくるかもしれないから、急ぎ足ぐらいで」

「分りました」

秋が息を弾ませている。

「お兄さん――」

「うん。僕も、すぐに出るからね。このまま話してて」

片山たちは急いでアパートを出ると、車で秋の言った住所の辺りへと向った。片山はケータイで秋と話し続け、ハンドルは晴美が握っていた。

「――もしもし？　大丈夫かい？」

「ええ。でも、尾けて来てる。足音がしてるの。怖くて振り向けない」

「そのまま急げ。もうすぐ刑事がそっちへ行く！」

「あ、向うから誰か――大きい人が」

「石津というんだ。呼んでみてくれ」

「はい。――石津さんですか！」

と、秋が叫ぶ。

「石津だよ！　警察の者だ！」

石津の大声が片山にも聞こえて来た。

バタバタと足音らしいものが聞こえると、

「――片山さんですか！」

「石津、その子を頼む」

「誰か夜道を逃げて行きました。暗くてよく見えませんでしたが」

「良かった！　今、車でそっちへ向ってる。ともかく駅までその子と一緒に行って待っててくれ」

「了解です」

秋に替って、

「ありがとう、片山さん！」

「間に合って良かった。ともかくあと十五分もあれば、そっちの駅に行く。石津と一緒なら安全だ」

「はい。頼りがいのある人ですね……」

と、秋はホッとした口調で言った。

片山は安堵して息をつくと、ケータイを切った。

「——お兄さん」

晴美が運転しながら言った。「やっぱり何かあるのよ」

「うん、分ってる」

片山は肯いた。「偶然じゃないな。今田秋には、何か狙われる理由があるんだ」

「ということは——」

「あの洞窟の中にいた人間だけの問題じゃない。あのホテルに泊っていた前の夜に、何かあったのかもしれない」

と、片山は言った。「ともかく良かった。石津がたまたま近くにいて」

「きっと何か食べてたのよ」

と、晴美は言った。

「ニャー」

「ええ、たまたますき焼を食べてまして」

やっぱり、と片山と晴美は肯き合った。

「高校のときの同級生たち五人で集まってまして」

「じゃ、お腹は一杯なのね」

と、晴美が言うと、一瞬微妙な間があって、

「実は……」

と、石津が口ごもった。

「分ったよ」

と、片山は苦笑して、「本当は食い足りなかったんだろ」

「一応、誕生日の奴《やつ》がいて、そのお祝いだったんですが、そいつがダイエットしてて……。他の人間があんまり食べるのもおかしいかと思って」

「分った。秋君を送って行ったら、何か追加の食事をしよう」

「あの……」

と、秋がおずおずと言った。「私も……」

「え？」

「西田さんが、とても有名だっていうフレンチのお店に連れてってくれたんですけど……。私、自分が何を食べてるのか、さっぱり分らなくて」

「じゃあ、このまま何か食べに行きましょうよ」

車を運転している晴美が言った。

「分った。夜中にやってるファミレスがあるだろ。そういう店の方が――」

「助かります！」

と、秋はホッとしたように、「普通のトンカツとかハンバーグ、食べたい！」

「同感です！」

石津が感動したような声を上げた。

「ニャー」

と、ホームズが笑った。

〈ヒレカツ、エビフライ、ハンバーグ盛り合せ〉

そのメニューに、秋は感激した様子だった。

「――ゆっくり食べてからでいいけどね」

と、片山はコーヒーを飲みながら、「あの洞窟での騒ぎのあった前の日のこと、憶えてるかな」

「西田さんのことですか？」

「いや、他の客のことでも何でもいいんだ。ともかく、君が狙われているとすれば、あの洞窟でのこととは別の理由じゃないか？　君は閉じ込められてたわけじゃないんだからね」

「そうですね。でも――そんな変ったことは特に……」

と、秋は首をかしげた。

「あなたにとっては何でもないことだったかもしれないけど、見られた方には重大なことだったかも」

と、晴美は言った。

「私、夜は遅いんです。何しろ一番下っ端なので、入浴も最後ですし」

と、秋は言った。

「そのとき、誰かと会わなかったかい？」

と片山が訊いた。

秋は少し考えていたが、

「――誰かが入って来ました」

と言った。「大浴場で、一人のんびり浸《つか》ってると、扉が開いて……」

「誰だったか分るかい？」

「さあ……。ともかく、こちらは従業員ですから、お客様とお話ししたりできませんし、あんまりジロジロ見るわけにも……。その……色々な事情で泊りに来られる方がありますから」

「それはそうだね」

「それに、大浴場は湯気が立ちこめているので、はっきりお顔は見えません。女の方……そんなに若い感じじゃなかったような気がします」

　話している内に、〈盛り合せ〉が運ばれて来て、秋は喜んで食べ始めた。

　そして石津も。――「お付合い」というわけで、同じ〈盛り合せ〉にしたのである。

「ああ！　おいしい！」

　と、秋は息をついたが、「――あ」

　と、何か思い出したように、

「おいしかった、って」

「――何が？」

「その人。大浴場に入って来た人。言いました。『今夜の漬物はおいしかったわね』って」

「じゃ、声を聞いたんだね？」

「ええ。でも、あそこは声が凄く響くので」

「それはそうね」

　と、晴美が言った。「漬物の好きな人？」

「アリバイと一緒に訊いてみるか？」

　しかし、誰だったか分ったとしても、そんな遅い時間に入浴していたというだけのことだ。

「そうだわ」

　と、秋は言った。「その人、男の人と待ち合せてたようです。急いで出て行きましたから」

　その夜に何があったのだろう？

　翌日、洞窟に閉じ込められたことと、どうつながっているのか……。

「ちょっと」

　と、石津がウェイトレスを呼び止めて、「ご飯、おかわり」

　片山は、見ているだけで胸焼けがしてくるようだった……。

9 暗い穴

正直に話せる。

なぜか浜田洋子は、片山という刑事と会ってすぐに、そう思ったのである。

少しも警察だということを感じさせない。それもただ表向き人当りがいいというのでなく、人柄そのものだと思えた。

「——それで」

と、片山は言った。「あの旅館には一人でお泊りでしたか？」

洋子は少し間を置いて、

「そうです」

と肯いた。

オフィス街のティールーム。

昼休みはもう終っているので、店は空いていて、明るく日射しが入っていた。

「ええと……お仕事は通訳ですか」

「はい。英語とドイツ語で通訳できます」

「凄いな！　僕なんか日本語にだって通訳がほしいくらいですよ」

「まあ」

と、洋子は笑った。「でも——いくら通訳として優秀だからって、失恋するとだらしないもので……」

「失恋？　じゃ、あの旅が、いやしの旅でしたか」

「もっとひどいんです。あのホテルに着くまでは自殺するつもりでした」

片山がちょっとびっくりして、目を見開いた。

「しかし……そうですか」

と、肯いて、「とてもしっかりした方に見えますが、そんなことに……」

「自分でもしっかりしてるつもりでした。それが却《かえ》っていけなかったんですね」

「でも、もう立ち直られたんですね」

「ええ、何とか」

と、洋子は微笑んだ。

「それは良かった。やり直せますよ。恋も人生も」

と言って、片山は、「いけないな、どうも。このところ年寄りじみたことばかり言うと、妹にからかわれるんですよ」

と、照れ笑いした。

「でも、正しいことです。——私、今となっては、どうしてあんなに思い詰めていたのかふしぎでなりません」

「そうですか」

片山はあの洞窟での時間について訊いた。

「——そうですね。真暗《まつくら》だし、空気は薄くなるし……。ボーッとしていました」

と、洋子は言って、「あのときの二人が殺されたんですね」

「あの洞窟で何かありましたか？」

「そうですね……」

「もちろん、二人が殺されたことと、あの事故と係りがあるとは限りません。ただ、万一何かつながりがあるとしたら……。他に犠牲者が出ることも。いや、これは脅してるわけじゃありませんよ」

「ええ、分ります」

と洋子は肯いた。

この人は、私のことを本当に心配してくれている。そして、洋子は、片山の声を聞いていると、なぜか安心する自分を見出《みいだ》した。話の中身でなく、その声の響きが、洋子の心にしみ込んで来た……。

「――告白が」

と、洋子は言った。

「告白？」

「ええ。あのとき、誰かが言ったんです。告白しなきゃいけないことがあるって……」

あのホテルの今田秋が「告白」という言葉を客から聞いたと言っていた。

「話して下さい。それはどういうことだったんですか？」

と、片山は身をのり出した。

「それは……人を殺した、という告白だったと思います」

洋子は、記憶にある通りを、片山に話して聞かせた。

「すると、その話は、あそこにいた全員が聞いていたはずですね」

「ええ、そうだと思います」

「しかし、皆さんそんなことは話してくれませんでしたが……」

「そうでしょう。——私も、黙っていようかと思っていました。だって、あまりに漠然としていて。——そう。本当に聞いたのかどうかさえ、はっきりしないくらいで……」

「しかし、聞いたんでしょう?」

「そうなんです。ただ、みんなボーッとしていて、意識が薄れたころだったし、その告白が誰のものだったか、男の人か女の人かも分らない。そんな曖昧《あいまい》なこと、警察の方に話していいのか、って思ったんです」

「なるほど。——何となく分るような気がします」

「あそこで、一旦は死を覚悟した人たち……。そう、私たち、あのとき『仲間』だったんです。その一人が、もう助からないと思ったときに、かつて人を殺したと告白した。その秘密を他の人には黙っていよう。——そんな気持だったんだと思います」

　話しながら、洋子自身も初めて自分の気持に気付いた。

「お話はよく分りました」

と、片山は言った。「しかし、その告白がもし事実だとしたら、知られずにいる殺人があるかもしれないわけです。警察としては調べないわけには……」

「もちろんそうですね」

「それだけじゃありません。その告白をした人物は、助かってしまったことで、一緒にいた他の面々に、秘密を知られたと思っているでしょう。

――車にはねられた小泉昭夫さんはともかく、刺し殺された仲間千枝さんは口をふさぐためだった可能性が高いと考えられます」

「もっとはっきり思い出せればいいんですけど」

「いや、無理をして、なかったことを作ってしまうのも怖いです。――後は僕たちに任せて下さい」

「そうおっしゃっていただけると、本当にホッとします。それと、もしできれば……」

と、洋子は口ごもった。

「あなたから告白のことを聞いた、とは決して言いません」

「ありがとうございます」

洋子が微笑んだ。

「おっと、ケータイが。失礼します」

片山が席を立って行く。


話して良かった、と洋子は思った。

口をつぐんでしまったことで、何か起ったら、後悔しても遅過ぎるということにもなりかねない。

片山刑事に話したのだから、後は引き受けて、何かと手を打ってくれるだろう。

洋子がコーヒーを飲んでいると、片山がケータイを手に戻って来る。しかし、何だか当惑している様子で、

「浜田さん」

「何か？」

「桂木という人をご存じですか？」

思いがけない名が出て来て、洋子はハッとした。

「桂木……貞二のことですよね。評論家の」

「そうらしいですね。僕はそういうコメンテーターとか、一向に詳しくないもので……」

「よく知っています。というより、知っていた、

と言うべきですね。私が失恋して死のうと思った相手は、その桂木です」

「なるほど」

「でも、どうして桂木の名を……」

「いや、今日僕があなたに会うと言ってあったのでね」

と、片山は言った。「桂木という人が、あなたをストーカー行為をしたとして、告発すると言って来たそうです」

洋子は愕然として、

「そんなことしません！　あの旅の後、私、すっかりふっ切れたんです。とても下らない男だったと改めて分って、忘れかけています。今さらストーカーだなんて……」

腹が立って、洋子は声が震えた。

「僕もあなたがそんなことをする人だと思えません」

「ありがとうございます！」

洋子は涙ぐんでしまった。

「しかし、一旦帰ったら、桂木という人が、具体的にどういう点を挙げているのか、確認しますよ」

「よろしくお願いします」

「裁判にでもなると、費用もかかりますからね」

「もう忘れたいんです。あんな上昇志向の塊《かたまり》みたいな人、二度と会いたくないわ」

洋子の口調はきっぱりしていた。

「まだ裁判なんか考える必要はないと思っています」

と、片山は言って、「では、後で連絡しますよ」

「ありがとう」

――片山が行ってしまうと、洋子はホッと息をついた。

　すると、洋子のケータイが鳴ったのである。

「――もしもし」

「浜田さん、仁科です」

「ああ、どうも」

　浜田洋子の所属する劇団で指導してくれている演出家だ。

「何かありまして?」

「いや……ちょっと」

　と、仁科はためらってから、「その……今稽古している舞台ですが、どうも……少し難しいことになっておりましてね」

「難しいって……。上演できないということですか?」

「まあ、そうと決ったわけじゃないんですが……。もしかすると……」

「仁科先生、先生らしくないですよ。いつももっときっぱりおっしゃるじゃありませんか」

「それは――そうなんですが。これはどうも言いにくくて……」

「それって――」

「実はですね、あなたのことを聞いて、脱《ぬ》けたいという方が二、三人いて」

「私のこと?」

　いやな予感がした。「先生、私のことで何か噂を……」

　少し間があって、

「お話ししましょう」

と言った。「私に誰か男の人から電話がかかって来たんです」

「それはどんな……」

「あなたのことを、『以前はあの女は俺のものだった』と言ったんです」

　洋子は愕然とした。

「そんなことを……」

「しかも、どうやって調べたのか、劇団の人たちにも電話をしたようで」

「それは……」

「浜田さんは近々ストーカー行為で逮捕されることになるだろう、と言ったそうです」

　血の気がひいた。

「――それで上演を中止に？」

「そんなことなら出たくない、という方もあって」

「とんでもない言いがかりです！」

　と、洋子は声を震わせた。

「浜田さん――」

「以前、付合っていた男が、でたらめを言ってるんです。冗談じゃない！」

　つい、大きな声を出してしまい、洋子はハッとして周《まわ》りを見回した。あまり客はいないが、それでも何人かが、びっくりして洋子を眺めていた。

「ごめんなさい。今。外のお店の中なので、出てからかけ直します」

「いや、今はともかく……。もう少しはっきりしたら連絡して下さい」

「待って下さいっ――もしもし」

　切れてしまった。

　洋子は力なく、しばらくケータイを手にしたまま、立ち上ることもできなかった。

　――むろん、分っている。

　桂木のやったことだ。警察へ訴えてみたり、洋子の所属する劇団にまで、そんないやがらせを……。

「どうして？」

と、思わず呟く。

洋子の方が桂木を振ったのなら、恨まれるのも分らないではない。でも、逆なのだ。

桂木は散々洋子を弄《もてあそ》んでおいて、捨てた。絶望した洋子は自殺しようとさえしたのだ。それなのに、どうして桂木の方から攻撃してくるのだろう？

洋子には分らなかった。

「もう……行かなくちゃ」

夜には、通訳の仕事の打合せがある。

プロなのよ、あんたは。――そう自分に言い聞かせて、何とか立ち上ったが……。

レジへ行って、

「あの……伝票がまだ……」

「先に出られた男の方が払って行かれましたよ」

片山さんが……。洋子は目頭《めがしら》が熱くなった。

桂木のような男ばかりじゃない。そう、片山さんのような男性もいるのだ。

ティールームを出ると、少しためらってから、ケータイを取り出した……。

10　幻影

「今さら謝ったって遅い。諦めるんだな」

細いが丈夫な紐《ひも》を、両手でピンと張って、玉井照子の方へ、ジリジリと迫って行った。

「ごめんなさい！」

玉井照子が涙声で詫《わ》びる。「お願い！　殺さないで。私、もう決してあなたに迷惑かけないから！　だから助けて！」

橋爪はニヤリと笑って、

「もう少し早く気が付くべきだったな。君のような女一人、殺すのなんかわけはないんだ」

と言った。

「お願い！　やめて！　お金もいらない。あなたの言う通りにするわ。だから生命だけは……」

紐はゆっくりと照子の白い首に巻きつけられていく。そして、照子は真青《まっさお》になり、

「お願いよ……。助けて……」

哀願する声からも、力が失われて行った。

「どうした？　『一本』よこせ、と勢いのあったお前はどこへ行った？」

「ね、橋爪さん……。あなた……」

「あばよ、照子。あの世で札束でも数えてるんだ。お前にゃぴったりだぜ」

　そう言うと、橋爪は紐の両端をしっかりと持って、左右へゆっくりと引いて行った。

　照子が目を見開いて苦しげに喘《あえ》いだ。

　さあ、死ね！　自業自得《じごうじとく》だ！

「――部長」

　誰も助けになんか来ないぞ！　お前はここで死ぬんだ！

「あの――部長」

　橋爪は、白昼の夢からハッと覚めた。

「うん。何だ？」

と、何くわぬ顔でパソコンのキーを叩いた。

「お客様です」

と、部下の女性が言った。

「客？　そんな予定があったかな？」

「お約束が。あの――警察の方です」

と、少し小声で言った。

「そうか！　忘れてた。じゃ、応接に――」

「お通ししてあります」

「あ、そう」

「あの――コーヒーでもお持ちしますか？」

　竹下《たけした》百合《ゆり》は、橋爪の部下の中でも、よく気のつく子である。高卒の二十二歳。

「ああ、そうだね。何人？」

「お一人です。片山さんとおっしゃる方で」

「分った。すぐ行く」

　橋爪は、実際に眠っていたかのように、頭がボーッとしていた。

席を立って、化粧室へ行くと、冷たい水で思い切り顔を洗った。

「――畜生」

と、思わず呟く。

玉井照子を殺す夢。このところ、昼夜を問わず、何度も見ていた。

もちろん、本当にそんなことがやれるわけではない。橋爪にそんな度胸はない。

しかし、照子が言った「一本」。――一千万円もの金を、どうやって用意するか。

もちろん、そんな金を動かせば、妻のさつきにも知れずにいない。

橋爪は、途方に暮れ、やけにもなっていた。

「――お待たせしました」

と、仏頂面《ぶっちょうづら》で応接室へ入って行く。

本当は、会社で刑事などと会いたくなかったのだが、そういやとも言っていられない。

「――片山さんですか」

と、ソファにかけると、「で、どんなご用でしょうか」

片山は、あの洞窟に閉じ込められた七人の内、二人が死んだことを話して、

「万一、二人ともが殺されたとすると、あの洞窟での出来事が原因かもしれませんので」

と、片山は言った。「あのホテルには、どなたかとお泊りに?」

「それは……プライバシーの問題です」

「もちろん、あなたの私生活に関心があるわけではありません」

と、片山はややうんざりして、「でも、隠されると、却って何か知れてまずいことがあるのかと

――」

「当り前ですよ」

と、橋爪は渋い顔で言った。

「つまり、女性と二人だったんですね」

「そうです」

そこへ、ドアが開いて、

「失礼します」

と、竹下百合がコーヒーを運んで来た。

「どうも。――で、ご一緒だったのは、何という方ですか？　この会社の方？」

「まあね。しかし、彼女は前の日に東京へ戻りましたからね」

と、竹下百合の出してくれたコーヒーを飲みながら言った。

「それでも、一応、名前を聞かせて下さい」

「では……。くれぐれもマスコミなどに洩らさんで下さいよ」

渋々、橋爪は玉井照子の名前を出した。これでまた文句を言われたらかなわない。

「――分りました。もちろん、必要な事情がない限り、この女性の名前が表に出ることはありませんよ」

と、片山は言った。「それで……洞窟でのことに戻りますが、何か変ったことはありませんでしたか？　つまり――誰かが争ったりするとか」

「いや、そんな元気はなかったですよ」

と、橋爪は肩をすくめて、「本当に二人も殺されたんですか？」

「少なくとも、仲間千枝さんは、犯人を見て、『あら』と言ったんです。つまり犯人の顔を知っていたわけで、もちろんあそこでの知り合いとは限りませんが――」

「もう一人は——小泉昭夫?　——ああ、よくしゃべってた男ですね」

　と、橋爪は言ったが、「まだ五人いるわけだ。まあ、用心に越したことはありませんね」

「その通りです。——どうかしましたか?」

　片山が訊いたのは、橋爪が口元へ持って行こうとしたコーヒーカップを止めて、何かぼんやり考えている様子だったからだ。

「橋爪さん……」

「え?　——あ、いや、失礼!」

　と、あわてて言ったが、「ちょっと思い出したことがありましてね」

「何ですか、それは?」

「〈告白〉です」

「それはどういう……」

「かなり頭がボーッとしていたので、忘れていました。あの闇の中で、誰かが……」

　橋爪は、漠然とした印象と断った上で、誰かの「殺人の告白」を聞いたようだ、と言った。

　話をメモしながら、橋爪からも結局新しい話は聞けないことに、片山はちょっと失望した。

　しかし、今まで「告白」について、何も語ろうとしなかった面々からは、改めて話を聞かなければならない。

「——分りました」

　片山はメモ用紙をポケットへ入れると、「また何か思い出したことがありましたら——」

「ええ、もちろんご連絡しますよ」

　と、橋爪は言った。

「どうも、お時間を取らせて」

　と、片山が応接室を出ると、

「いや、ご苦労様です」

橋爪は片山を送りに出て来て、「早く犯人が見付かるといいですね」

と、付け加えた。

片山はエレベーターの前で、ちょっと首をかしげた。

橋爪が、初めひどく無愛想だったのに、片山が帰るときには、いやに上機嫌になっていた気がしたのである。

どうして途中で気が変ったんだ？

気にはなったが、片山はそれ以上考えることなく、エレベーターに乗った。

――橋爪は応接室に戻ると、コーヒーカップを片付けている竹下百合に、

「やあ、コーヒー、おいしかったよ」

と、声をかけた。

「ありがとうございます」

と、百合は嬉しそうに微笑んで、「いい豆を買ってるんです」

「そうか。君はよく気をつかうね」

「いえ……」

盆にカップをのせて、「――部長。一緒だったのは、玉井さんだったんですね。すみません、聞いてしまいました」

と、急いで言った。

「噂になってるだろ？　女房だって、たぶん知ってる」

「でも、部長……」

と、百合は少しためらってから、「余計なことだとは分ってますけど、玉井さんはあんまりいい人だと思えません」

控えめな言い方だった。

「ありがとう」

と、橋爪は言った。「心配してくれるのか」

「だって、部長はとてもやさしい、いい方だと思ってますから」

百合の言葉に、橋爪は感動した。

「そう言ってくれるのは、君ぐらいだよ」

「そんな……。でも、部長、玉井さんとはあまり深く係り合わない方が」

そうさ。分ってる。

橋爪が、片山と話している内に、気分が変ったのは、あの洞窟での「告白」について語っている内、あるアイデアが閃《ひらめ》いたからだった。

あの洞窟にいた面々が狙われているとしたら、橋爪も狙われてふしぎではない。

もちろん、殺されたくはない。しかし、誰かが橋爪を狙おうとして、間違って玉井照子を殺してしまうという可能性はあるわけだ。

——玉井照子を殺す。

その思い付きに、あまりびっくりしなかったのは、心の中で、

「やるしかない」

という思いが、いつしか芽生えていたからだろう。

それは単に、彼女を殺すというのではなく、「自分の代りに殺された」と見せかけるという点で、橋爪の興味をかき立てたのである。

ただ殺すとなったら、やれるかどうか自信はない。しかし、他の殺人に紛れ込ませるとなれば……。

「——部長、大丈夫ですか？」

と、百合が言った。「何だかとても楽しそうに見えますけど」

「え？　——そうかな」

橋爪はちょっとあわてて眉をひそめ、深刻ぶった顔をして見せた。ところが、それを見て、百合がふき出してしまったのだ。

「そういう顔、似合いませんよ！」

と、百合は何とか笑いをこらえて、「橋爪さんって、面白い！」

そう言ってから、百合はあわてて、

「すみません！　私、『橋爪さん』なんて、気安く呼んでしまって。ごめんなさい！」

と、頭を下げた。

その様子を見て、橋爪は胸が熱くなった。

——何ていい子なんだろう、この子は！

「竹下君。いや、百合君と呼んでいいかな」

「は……。何とでも」

応接室のドアは閉っていて、今、二人きりしかいなかった。

そんなこと、できるんだろうか？　ＴＶドラマの中じゃあるまいし。

橋爪は、いきなり竹下百合を抱きしめてキスした。

びっくりした百合は手にしていた盆を放り出した。コーヒーカップが、テーブルに当って割れたが、橋爪は構わず唇を押し付け続けた。

そして——百合の方も、おずおずと橋爪の背中に手を回して行った……。

「何だか、ずいぶん曖昧な話ね」

と、晴美は夕飯を食べながら言った。

「ねえ、ホームズ？」

「ニャー」

ホームズは早々に食事を終えて、前肢《まえあし》でせっせと顔を洗っている。

「俺だって迷ってるんだ」

と、片山はトンカツをつまみながら、「しかし、〈殺人の告白〉があったっていうのは、放っておくわけにいかない」

「でも、誰が告白したのかも分らないんでしょ？」

「もし、仲間千枝と小泉昭夫の死が、その告白と係っていたとすると、告白したのは、残りの五人の内の誰かってことになる」

と、片山は言った。「――おい、お茶くれ」

「はいはい、緑茶、おいしいでしょ？　ちょっと高い葉にしてみたの」

「うん……、旨《うま》い。――しかし、五人の内、通訳の浜田洋子は、初めて告白のことを話してくれた。彼女が告白した当人じゃないってことだろう」

「でも、いずれ誰かの口から分ると思って、先に言ったのかも」

「まあ、確かにな。――他に指揮者の西田雄一。エステサロンの酒井久里子。音楽評論家の村山貴文……。会社の部長の橋爪治は、話してる内、突然思い出したと言った」

「それはありそうなことじゃない」

「それはそうだ。しかしな……。何だか妙だって気がした。話し出したときの様子が、どうにも不自然だったんだ」

「お兄さんの第六感ね？　ホームズはどう評価する？」

　しかし、ホームズはお腹が一杯になり、関心なさそうに眠ってしまった。

「ともかく、その五人について考えるとして、かつて殺人をおかしていそうなのは誰か？」

「みんな子供じゃないんだから……」

「それでも、指揮者の西田はまだ二十四だぞ。それよりは、エステサロンの酒井久里子や音楽評論家の村山貴文あたりの方が可能性は高くないか？——二人の過去を洗ってみよう」

「でも、そうしてる間に、次の犠牲者が出たら？」

晴美の言葉に、片山は、

「いやなこと言うなよ」

と、顔をしかめた。

もちろん、その危険性があることは片山も分っている。

しかし、はっきりしない〈告白〉だけで、五人を逮捕するわけにはいかない。

それに、仲間千枝、小泉昭夫の二つの事件は、それぞれ、単独の犯罪かもしれないのだ。どちらも一向に手掛りがなく、上の方からは苦情が来ているらしい……。

「——俺のケータイか」

片山はハンガーに掛けた上着のポケットからケータイを取り出した。

「誰だろう？——もしもし、片山です」

「あの……」

と、女性のためらいがちな声が、「片山さんですか。私、〈MKオーケストラ〉の相沢です」

西田の指揮するオーケストラのマネージャーだ。

「どうも。何かあったんですか？」

片山が訊いたが、向うはしばらく黙っていて、

「——もしもし？」

「あの……どうしていいのか分らなくて、私……」

「相沢さん？　落ちついて、ゆっくり話して下さい。どこからかけてるんですか？」

「あの……ホテルです。〈Sホテル別館〉の部屋で……」

「ホテルの部屋の中ですか。それで、何があったんです？」

「何だか……よく分らないんですけど……人が死んでるようなんです」

「死んでる？　誰が一体――」

「知らない人です。男の人で……私、何が何だか……」

と、相沢良子は泣き出してしまった。

「すぐ行きます。何号室ですか？」

片山は上着をつかんで言った。

ホームズが目を開き、顔を上げた。

11　スキャンダル

「片山さん」

ホテルのロビーで、石津と一緒になった。

「今来たところです。まだ部屋には——」

「よし、一緒に行こう」

〈Sホテル別館〉は、いわゆるビジネスホテルである。フロントも無人で、ロビーに人の姿はなかった。

「部屋は〈５０３〉だそうだ」

エレベーターで五階へ上る。

片山は、〈５０３〉のドアをノックした。

「——片山です。相沢さん」

と呼びかけると、少しして、ドアが細く開いた。

「片山さん……。すみません」

相沢良子は赤い目をしていたが、もう泣いてはいなかった。

「どうしたんです?」

片山は部屋の中へ入ると、ベッドが二つ並んだだけの殺風景な室内を見渡した。

「私……ひどく酔ってしまって……」

相沢良子は、ひどく酔ってしまって……」


相沢良子は、スーツの上着を脱いで、ブラウスとスカートだったが、ブラウスのボタンが失くなってしまっていた。

「男が死んでるというのは……」

「バスルームです。あの……」

半ば開いていたドアを開けると、湯気のこもった湿った空気が顔に当った。

——男はユニットバスのバスタブの中に倒れていた。

バスタブが小さいので、足がはみ出している。シャワーを浴びていたのか、男は裸だった。

手首の脈を取るまでもなく、死んでいることは分った。しかし、見たところ、外傷はないようだ。

「病死ですかね」

と、石津が言った。

「発作でも起したのかもしれないな」

しかし、変死である以上、調べなければならない。

連絡を石津に任せて、片山は、小さな椅子に力なく座っている相沢良子に、

「あの男性の服や持物は？」

と訊いた。

良子はまだぼんやりした様子で、

「——分りません」

と言った。

「どこにもないようですね」

片山は、一応、ベッドの下や、戸棚を調べたが、何も見付からない。

「——誰かが持ち去ったということですか？」

「よく分らないんです……」

と、良子は呟くように言った。

「それじゃ、ともかく分っていることを教えて下さい」

「はい……。あの……電話がかかって来たんです。私のケータイに」

登録されていない番号からだった。

当然、相沢良子は少し用心しながら出た。良子の個人用のケータイだったのだ。

〈MKオーケストラ〉のマネージャーとしては、もう一つケータイを持っているから、個人用の方では、未登録の着信は拒否しても良かったのだが、〈MKオケ〉のメンバーなどで特に重要なパートの人には、個人用のケータイも教えてある。

だから全く出ないというわけにもいかなかった。

「——もしもし」

と、良子は周囲へ目をやりながら言った。

夜のコンサートで、休憩が終り、後半のメインプログラム、リムスキー＝コルサコフの〈シエラザード〉が始まっていた。

良子は、ガランとしたロビーで、並べてあるチラシをきちんと置き直していた。

「相沢さんかね？　〈MKオーケストラ〉の」

ちょっと横柄な感じの口調の男性だった。

「さようでございますが……」

いつでも切れるように、あまり愛想いいとは言いかねる声を出した。

「〈P生命〉の大蔵《おおくら》さんから聞いてね。〈S出版〉の戸刈《とがり》という者だ」

「はあ、どうも……」

〈P生命〉は、大手ではないが、〈MKオケ〉のコンサートを後援してくれている企業である。

〈S出版〉という名は聞いたことがなかったが、その戸刈という男性、

「私もね、クラシックが大好きで、おたくのコンサートにもよく行ってるんだよ」

「ありがとうございます」

「それでね、大蔵さんと話しているとき、〈MKオーケストラ〉の話題になってね。私が『あそこはいいオーケストラだね』と言うと、〈P生命〉がスポンサーになってると聞いたんだ」

「はい、大蔵様にはお世話になっております」

「うん。それでね、私もひとつ、おたくのオーケストラのスポンサーになりたいと思ったんだ」

「それはありがとうございます」

「どういう形でやればいいのか、いくらくらいから受け付けてるのか、詳しい話を聞きたいと思ってね」

「大変ありがたいお話です。資料をお送りしますので――」

と言いかけると、

「いや、こういうことは思い立ったときに進めてしまわんとね」

「はあ……」

「私も忙しいんでね、明日になったら忘れてしまっとるかもしれん。今日、今から会って話を聞きたいと思うんだが」

「今からでございますか？」

「一時間したら、銀座の〈R〉というバーに来てくれ。知ってるだろ？」

「は……。あの……」

「じゃ、待っとるよ」

と、切られてしまった。

大蔵の知人というのは本当だろう。〈R〉というバーに、西田ともども連れて行ってもらったことがある。

しかし、これから一時間後となると……。

迷ったが、今の〈MKオケ〉にとって、新しいスポンサーの獲得は重要だ。

良子は、〈R〉へ出向くことにした。

コンサートが終るのを待っていては間に合わない。〈シエラザード〉とアンコールの曲で、一時間近くかかる。

西田のケータイにメールを送っておいて、ホールを出た。事務所に寄って、後援者になってもらうのに必要な書類を封筒に入れると、〈R〉へと向った……。

――いきなり、小切手を出された。

「あの――ここでいただくわけには」

当惑した良子は受け取るまいとしたが、戸刈は、

「いいから取っとけ」

と、小切手を良子の手に押し付けた。

「でも、手続きを終ってからでないと――」

「何だ？　俺の小切手は信用できんと言うのか？」

大分酔っている戸刈は、良子に絡《から》むように言った。

「とんでもない。大変助かります」

「だったら取っとけ！　後はそっちがいいようにしろ」

仕方なかった。良子は、

「では、一旦お預りするということで」

と、小切手をバッグへしまった。

「それでいい。さ、飲め」

と、ウイスキーを立て続けに三杯も飲まされた。

もともとアルコールにはあまり強くない良子にとっては、三杯でもかなり回って、真直ぐ座っているのも辛くなった。

「あの……もう失礼させていただきたいのですが……」

と言ったが、

「何を言っとる！　これからじゃないか。そんなことでマネージャーがつとまると思っとるのか？　徹夜で飲むのに付合うくらいのことができんでどうする」

戸刈は強引に飲ませ続けた……。

「――危いと思ってはいたんです」

と、良子は言った。「それに話してみると、戸刈という人がクラシック音楽のことなど全く知らず、うちのオケを聴きに来たこともないことがすぐ分りました」

「それなのに後援したいと？」

と、片山は言った。

「目的は他のことだったと思います」

と、良子は言った。「それが何だったのか……。ともかく、ほとんど意識を失って、タクシーに乗せられたことは、ぼんやりと憶えています」

「ひどい話ですね」

「それで……気が付くと、このホテルのこの部屋にいたんです。ベッドに寝かされていて、男の人がのしかかって来ました。私は必死に押し戻したんですが、スーツの上着はもう脱がされていて、ブラウスの前を開かれそうでした。しかも、相手は、戸刈さんでなく、見たこともない男でした……」

「あの、バスルームで死んでいる男ですね？」

「そうです。ブラウスのボタンがちぎられ、私はともかく逃げ出そうと考えました」

　良子はちょっと身震いすると、「でも――男の人の力はとても強くて、しかも私は酔いがさめていなくて、思うように動けなくて……。もう――どうなってもいい、と諦めてしまったんです」

　良子は涙を拭《ぬぐ》った。

「ひどい話ね！」

　と、声がした。

　晴美が、片山たちを追ってやって来たのである。

「晴美。――相沢さん、妹の晴美です」

「どんな状況か察しがついたので、着替えを持って来ました」

　と、晴美が紙袋をベッドに置いた。

「まあ……。ありがとうございます」

　と、良子は声を震わせて言った。

「相沢さん……」

「あの男は、私の体を散々好き放題にもてあそんだんです」

　と、良子は言った。「そして、『シャワーを浴びて来てから、俺のものにしてやる、楽しみにしてろ』と言って、バスルームへ入って行きました……」

　良子は紙袋を受け取ると、

「ありがとう。着替えさせていただきます」

　と言った。

「それがいいわ。お兄さん、部屋を出てて」

「ああ……。分ったよ」

　片山と石津は一旦廊下へ出た。

「男に脱がされたものを身につけたくないんだろうな。そこまで考えなかったが」

「ニャー」

足下《あしもと》にホームズが座っていた。

「何だ、一緒に来てたのか」

と、片山は苦笑した。

数分して、ドアが開き、晴美の持って来た服に着替えた良子が、ずいぶん明るい表情になって、立っていた。

「――バスルームへ男が入ってから、何があったんですか?」

と、片山は訊いた。

「それが……よく分らないんです。私は、ショックで半《なか》ば気を失ってるような状態で……。ベッドの中へ潜り込んでいました。でも、男はいつまでもバスルームから出て来なくて……」

良子はバスルームの方へ目をやって、「もちろん、出て来てほしくはなかったんですけど、それでもあんまり長いようだったので、気になって……。もしかしたら眠ってるのかもしれないと思ったんです。それなら逃げられるかも、と……。それで、恐る恐るそばへ行って覗いてみると……」

「死んでいたというわけですね」

「はい。――あの、あの人はどうして死んだんでしょう?」

「それはまだ分りません。発作でも起して死んだのか、それとも、毒物でも……。ともかく検視の結果を待つしか」

「でも、男の服や持物が失くなってるって、ふしぎよね」

「確かに。――あなたはベッドに潜り込んでいたと言いましたね。その間に誰かが、この部屋へ入って来たということは?」

片山の問いに、良子は当惑した様子で、

「そんなこと……。考えてもみませんでしたけど……。そうですね。そうでなかったら、男の人の服とかが失くなった説明がつきませんね」

「あなたの気付かない内に、誰かがここへ入って来た、と考えるのが自然ですね」

「ええ。――もしそうでも、私、きっと気付きませんでしたわ。ともかく、男が戻って来て、どんな目にあわされるか、恐ろしくて、目も耳もふさいでいたような状態でした」

「片山さん」

石津が廊下からドアを開けて、「鑑識です。それに検視官が、この前に車をつけたと連絡が。すぐここへ来るでしょう」

「分った」

と、片山は肯いて、「相沢さん、今夜のところはもう帰宅されて結構ですよ。改めてお話を聞くことになると思いますが」

「はい……」

「石津、相沢さんをパトカーで送ってあげてくれ」

「分りました」

と、石津は言ったが、良子は、

「いえ、それはやめて下さい！」

と、あわてたように断った。「私、自分で帰ります。大丈夫です」

「しかし――」

と、片山が言いかけると、晴美が止めて、

「良子さん、もし、男に暴行を受けた傷などがあれば、病院で診てもらった方がいいですよ。それに、証拠になるし」

「いえ、その必要はありません」

と、良子は首を振って、「片山さん、お願いがあります」

「何でしょう?」

「この件を、報道されないようにできないでしょうか」

「それはどうして――」

「もちろん、殺人事件となったら、報道されるでしょう。でも、もし、あの男が自然死なら……。ともかく〈MKオーケストラ〉の名がスキャンダルに係って出ることは避けたいんです」

「なるほど。パトカーで送らないでくれと言ったのもそのためですね」

「ええ。勝手なことを言うとお怒りになるかもしれませんが、こんなことで〈MKオケ〉の名が出たら、それこそパトロンの岡本江美さんはきっと怒って援助を打ち切ってしまわれるでしょう。そうなれば、〈MKオケ〉は解散するしかありません」

　自分はひどい目にあっているのに、オーケストラのことが何より大事なのだ。

「検視の結果を見ないと、何とも言えませんが、オーケストラとの関連については、極力表に出ないように努力しましょう」

　と、片山は言った。「今は、それ以上のお約束はできません」

「はい、それはもう……。片山さん、ありがとう」

　良子は深々と頭を下げた。

　そして、廊下をドヤドヤと、鑑識の面々がやって来た……。

12　請求

「いつもすみません」

ランチのテーブルで、オードブルが出て来たタイミングで封筒が渡される。

これはいつものやり方だった。

「いいえ、典子がお世話になってるから」

と、橋爪さつきは言った。「田中君のことは信用してるわ」

「こんな洒落《しゃれ》た店のランチが食べられるだけでも、ありがたいです」

と、田中一郎は封筒を手に取ると、「え?」という表情になって、封筒の中を確かめた。

「あの――」

「いいの。少し多く入れたのよ」

と、さつきは言った。「典子が何かとわがままを言うでしょ?」

「――すみません、助かります」

と、田中は封筒を上着の内ポケットに入れた。

「実は、大学のサークル活動で、お金を納めなくちゃいけなくて、困ってたんです」

「お役に立てて良かったわ。さ、食べましょ」

と、さつきは言った。

娘の典子と付合っている田中は、大学生にしては、人当りが良く、「営業マンみたい」と典子にもからかわれる。

さつきから見ると、

「時代が変ったのね」

と感じられる。

かつては、大学生ともなると、「男らしく」見せようとしたものだが、今はこういう田中のようなタイプも珍しくない。

それだけ世渡りが上手《うま》くなったとも言えるだろう。

「——典子さんが言ってましたが」

と、田中は食事しながら、「ご主人が不機嫌で、家の中が暗いと……」

「そんなことを? ——まあ、いつものことよ」

「ご主人の浮気ですか」

「ええ。あなたは気を付けてね。もてるでしょうけど」

「とんでもない」

と、田中は首を振って、「女の子に便利に使われることはありますけど、それだけです」

田中は爽やかな感じの二枚目だ。典子以外にも、田中と付合いたいと思っている女の子は少なくあるまい。

いや——橋爪さつき自身、四十五歳という年齢は、男にひかれてもおかしくないと分っている。

もし典子の彼氏でなかったら、さつきだって田中をデートに誘いたくなったかもしれない。

　田中がさつきを相手にしてくれるかどうかは分らないが。

「いい肉ですね」

　と、田中がステーキにナイフを入れながら言った。「典子さんはいつもこういうステーキを食べてるんですね」

「あの子はよく食べるでしょ？　ステーキなんか、夕食だと二百グラムとかペロリ」

「そうですね。僕より食べます」

　と言って、田中は笑った。

　すると――二人のテーブルの方へ足早にやって来た女性がいる。

「失礼します。橋爪部長の奥様ですね」

「――そうですが、どなた？」

　訊きながら、さつきには分っている気がした。

――夫の好みのタイプだ。

　しかし……。

「会社でお世話になっている玉井照子と申します」

「どうも。――何かご用なら、今はちょっと」

「すぐ済みます」

　玉井照子は、バッグから封筒を取り出して、テーブルに置いた。

「これは？」

「請求書です」

「私にどうして……」

「ご主人がなかなか払って下さらないので」

　さつきは封筒の中から折りたたんだ紙を取り出して広げた。

「――一千万円？」

「はい。ご主人はご承知ですが、奥様にはおっしやってないと思って」

「どうしてこの金額に……」

「手術費用と、慰謝料です」

と言うと、「ではよろしく」

と会釈して行きかけたが、

「ずいぶんとお若いお友達ですね」

と、皮肉ぽく言って、立ち去った。

田中が息をついて、

「ああ、びっくりした！」

と言った。「本当のことですか？」

「たぶんね。でも、主人もこんなに請求されて、びっくりしてるはず」

「手術とか言ってましたね」

「そうね。――本当かどうか」

さつきはため息をついて、「ともかく、主人とまたやり合うことになりそうね」

「奥さん」

と、田中は言った。「今の女性、玉井照子って言ってましたね。僕、調べてみましょうか、あの人のこと」

「田中君……」

「大体、どうしてここで食事してるって分ったんでしょう？ 怪しいですよ」

「それはそうね」

「もしかすると、ご主人も騙《だま》されてるのかもしれない。僕が調べてみますから、任せて下さい」

「ありがとう」

と、さつきは言った。「じゃ――アルバイトということでね」

「このランチで充分ですよ」

と、田中は言った。「デザートを余分に取っていいですか？」

「すみません」

と、相沢良子はうなだれた。

「君が謝ることはないよ」

と、西田雄一は言った。

「でも……」

「君は被害者じゃないか」

「はあ……」

「ともかく、もうリハの時間だ。メンバーは揃ってる？」

「はい、大丈夫です」

「じゃ、終った後で、ゆっくり話そう」

そう言うと、西田は控室を出て行った。

良子は、ホールの控室で、しばらく座ったまま動けなかった。

やがて、ホールから西田の指揮するチャイコフスキーの〈悲愴〉が聞こえて来た……。

〈MKオーケストラ〉のメンバーは、少し戸惑っていた。

「おい！　今、オーボエの入りが早かったぞ！」

「すみません」

「――もっと、チェロ、歌って！　それじゃチャイコフスキーじゃないぞ」

指揮者としての西田雄一は、穏やかで、ほとんど怒ることはない。まあ〈MKオケ〉自体が、まだ一級の腕前とは言えなかったから、「高度な要求をしても無理だ」と思っていただろう。

小さなミスは、誰より演奏している当人がよく分っている。西田は、普段ならいちいちそんなミスを指摘しないのだ。

西田さん、どうかしてるんじゃないか……。

演奏しながら、オケに戸惑いの空気が流れていることは、西田にも分っていた。その原因が自分にあることも……。

音楽に集中できないのだ。こんなことはめったにない。

それは、もちろん、たった今、控室で相沢良子から聞かされた話のせいだ。

西田は相沢良子を頼りにしている。もちろん、まだ二十八歳。オーケストラの運営に関して、素人らしいところはあるが、ともかく〈ＭＫオケ〉を愛し、一生懸命働いてくれているのは分っている。

しかし――さっきの話では、妙な男に、危うく犯されるところだったらしい。いや、本当は「やられて」いたのかもしれない。それを認めたくなくて、男がバスルームで死んでいたということに……。

良子を疑うわけではないが、彼女がその男を殺したとしてもおかしくない。

今の西田にとっては、〈ＭＫオケ〉に係ったスキャンダルが最も心配なのだ。パトロンである岡本江美が気を悪くしたら、と不安なのだった。

ホテルでのレイプや殺人。岡本江美が最も嫌う類《たぐい》のことだ。西田としては、岡本江美の「恋人」として尽くしているからこそ〈ＭＫオケ〉はやっていけているわけで、少しでも岡本江美の機嫌をそこねるようなことは避けたい。

そうだ。何といっても、オーケストラを第一に考えて、相沢良子には辞めてもらおう。もし、彼女が殺人罪で捕まるようなことがあっても〈ＭＫオケ〉の名が出ないようにしておかなくては……。

可哀そうだが仕方ない。――そう割り切ると、西田はいつもの上機嫌に戻って、

「よし、いいぞ！　その調子だ。弦、もっと気合を入れて！」

と、タクトを振った。


シンポジウム会場に向う浜田洋子は、タクシーの中で、今日のテーマについて、ネットで新聞記事を見ていた。

特に今日は、アフリカからの参加者が多いと聞いていた。アフリカは、かつてフランス領だったところが多いので、フランス語を話す人が少なくない。

浜田洋子も、英語とドイツ語は、ほとんどネイティブ並みに話せるが、フランス語となると、聞いて大体分るという程度。

シンポジウムそのものは、英語で行われるから問題ないだろうが……。

ケータイに着信があった。

シンポジウムを主催する〈Qプロ〉の永田あずさからだ。

「もしもし、あずさちゃん？」

と、洋子は言った。「今、そっちへ向ってるタクシーの中。何かあった？」

「あの……洋子さん」

あずさの口調が何だかおかしい。

「何か問題？」

「それが……。今、社長から電話があって、今日の通訳は別の人に頼むって」

「え？　でも今さら……。どうして？」

「よく分んないんですよ。訊いても、『事情があって』としか言わなくて」

洋子には分った。

「いいわ。社長さんと話してみる。でも、ともかく会場へ行くから」

「はい、待ってます」

洋子は、長い付合いの〈Qプロ〉の女性社長のケータイにかけた。

「浜田さん、ごめんなさい――」

と、向うが言いかけるのを遮って、

「イエスかノーで答えて下さい」

と、洋子は言った。「電話があったんですね。たぶん――桂木貞二から」

「ええ……」

「ストーカーで、私が逮捕されることになってるって」

「ええ」

「分りました。私、桂木と付合ってたんです、この間まで。でも別れました。私は何もしていません。桂木が勝手にそう言ってるんです」

「そうでしょうね。でも――」

「桂木が圧力を?」

「今日のシンポジウムに、あの人がコメンテーターをしてるワイドショーが取材に入るって。もしあなたが通訳していたら、ストーカー行為をしていると公表すると……」

社長の苦しい立場もよく分った。しかし、このまま屈してはいられない。

「一応会場に行きます。代りに来るのは?」

「伊藤《いとう》さん。憶えてる?」

「もう八十近いんじゃ? 分りました。シンポジウムの資料、全部私が持ってますから。会場で渡します」

「よろしく頼むわ。悪く思わないで」

「もちろんです」

——間もなく会場に着く。

エレベーターの所に、あずさが待っている。

「洋子さん」

「伊藤さんはみえてる?」

「ついさっき。どうしていいか、途方にくれてますよ。もう何年もやってないので、機械も変ってしまって」

「ともかく、私の資料を全部渡しておくわ。私にできることはそれだけ」

「でも洋子さん、いてくれるでしょ?」

「帰るわ。TV局が入れば、どこに映ってるか分らないもの」

「取材が? 聞いてませんけど」

「桂木貞二の指示よ」

「洋子さん……」

「以前、恋人だった。でも今は何でもない」

「そうなんですか。でも、それでどうして——」

「初めは分らなかった。でも、方々に私の方が諦め切れなくて、桂木につきまとってるって話を広めてるの」

「そんなの、ひどいですよ!」

と、あずさはエレベーターで会場へ向いながら、怒って言った。

「何だか分るような気がして来た。——桂木は自分が女を捨てる立場でいないと気がすまないのよ。私がきっぱり割り切って、未練を見せないのが許せないんでしょう」

「身勝手だわ!」

「そう。でも向うは世間に知られてる。TVで発言すれば、みんな事実だと思うでしょう」

会場に着くと、白髪の女性が、スーツ姿で歩き回っていた。洋子を見ると駆け寄って来て、

「浜田さん！」

「伊藤さん、お久しぶりです」

伊藤秋子《あきこ》は、同時通訳の世界では大先輩である。

しかし——。

「突然の話で、困っちゃって。だって、もう私、八十一よ。十年以上、同時通訳なんてやってない。どういうことなの？」

「すみません。色々事情があって」

と、洋子は言った。「これ、今日の資料です」

「もう目を通してる余裕はないわね。それより、機械の使い方、教えて。違ってて、全然分らないの」

「そうですよね。でも、使い方は基本的に同じですから」

「あなたがどうしてもだめってことなら、仕方ないけど……。せめて、そばでアドバイスしてちょうだい」

「それができれば……」

と言いかけて、「——ちょっと待って下さい」

洋子はロビーの奥へ小走りに急ぐと、ケータイを取り出した……。

13　コメント

前半は何とか無事にこなした。

伊藤秋子は汗を拭きながら、休憩を告げて、

「ああ！　もうだめ！」

と、声を上げた。「永田さん、浜田さんは？」

「控室にこもって、モニターを見ています」

と、永田あずさは言った。

「それにしても、ひどい奴ね、桂木って」

あずさが、黙っていられなくて伊藤秋子に事情を話したのである。

「洋子さんがストーカーなんて、するわけありません」

「同感だわ。浜田さんの言った通り、彼女がスパッと忘れたのが腹立たしいんでしょうね」

それにしても、妙な状況だった。

桂木がコメンテーターをつとめるワイドショーのスタッフがロビーで所在なげにしている。取材といっても、シンポジウムを取材に来たわけではなく、浜田洋子が姿を現したら、スタジオの桂木が彼女のストーカー行為を告発、取材班が、彼女に、

「事実ですか？」

と、カメラとマイクを向けることになっているのだ。

取材に来たリポーターの女性も、

「いいの？　こんなことして。——桂木さんもやり過ぎじゃない？」

と、文句を言っていた。

シンポジウムが後半に入ると、討論が本格化。早口での発言が飛び交うようになった。

伊藤秋子には、とても捌《さば》ききれなくなって、会場は混乱して来てしまったのだ。

「お待ち下さい！」

と、たまらず伊藤秋子が言うと、浜田洋子が同時通訳のブースへ駆け込んで来た。

「浜田さん！　お願い！」

「大丈夫です」

洋子は、ちゃんとモニターで状況を見ていたので、

「失礼いたしました」

と、落ち着いた声で言った。「一旦、討論をストップして下さい。論点を整理します」

洋子はメモもなしで、議論していた、日本人、外国人の一人一人の主張を短くまとめてみせた。

「——以上のようなことでよろしいでしょうか」

洋子の適確なまとめ方に、議長をつとめていたケニアの女性も、

「サンキュー。おかげで、討論が混乱せずにすみました」

と礼を言った（もちろん英語で）。

討論を聞いていた場内の客からも拍手が起った。

シンポジウムは再開され、むしろ感情的になることがなくなって、スムーズに運んだのである。

「やれやれだわ」

ブースを出て来た伊藤秋子がハンカチで汗を拭う。「やっぱり浜田さんは大したものだわ」

「ええ、本当に」

と、永田あずさが肯く。

「それで……」

「スマホで、ＴＶのワイドショーを見てました。ここから連絡が行って、桂木がスタジオで洋子さんのことを、名前を挙げて非難してます」

「卑劣な男ね、本当に！」

――シンポジウムは無事に終った。

議長のケニア人女性は、閉会に当って、

「同時通訳の方の優れた仕事に感謝します」

とまで、付け加えた。

「――どうも」

ブースから出て来て、洋子は伊藤秋子に会釈した。「あずさちゃん……」

「ワイドショーで、桂木が……」

取材の女性がマイクを手に近付いて来た。

「あの……すみません。上の指示でして」

明らかに気が進まない様子だ。

「いいんです。訊いて下さい。私もお返事しますから」

と、洋子は言った。

「はい。あの……桂木さんから、ストーカー被害の話がありまして……」

カメラが洋子を捉える。もちろん生中継まではできないので、録画しておくということだが。

「その件については――」

と、洋子が言いかけたとき、

「代りにお答えしましょう」

と、声がした。

「片山さん！」

洋子の声が弾んだ。片山に事情を電話して話しておいたのだが――。

「お忙しいのに、すみません」

「いや、そんなことは……」

片山はＴＶの取材クルーに身分を明かして、

「桂木さんからの、ストーカー被害の申し出について、担当部署の者が調べました」

とカメラに向って言った。「その結果、おっしゃっているようなストーカー被害の実態はほとんど存在しないと判明しました。もちろん電話があった、という点などは調査が困難ですが。おそらくいずれも桂木さんの思い過《すご》しと考えられます」

片山のきっぱりとした言い方に、マイクを向けていたリポーターの女性も肯いて、

「私もそう思います」

と言った。「浜田さんの、すばらしいプロの働きを拝見して、そんなことはあり得ないと感じました」

「ありがとう」

と、洋子は嬉しさを隠せない様子で、「私の方から桂木さんに言うことはありません。お付合いしていたのは事実ですが、終ったことです」

「そう伝えます」

と、リポーターの女性は言って、「引き上げましょ」

と、他のメンバーに声をかけた。

シンポジウムの客やパネリストが、会場を出て

来て、みんな洋子に声をかけたり、握手して行った。

「――終ったわね」

と、洋子は息をついた。「伊藤さん、ギャラはどちらに？」

「私がいただいていいのかしら」

と、苦笑して、「でも、貧しい年寄りなのでいただいておくわ」

と、名刺を渡す。

そして、片山の方を見ると、

「すてきな味方があるのね」

「私だけの味方じゃありません。残念ながら」

と、洋子はわざと冗談めかして言った。

「僕は正しいことをするだけですよ」

と、片山は少し照れて言った。「お役に立って良かった」

「本当に何とお礼を言っていいか……」

「そんなときは、『ぜひお礼にお食事でも』って誘うのよ」

と、伊藤秋子がアドバイスした。

「じゃ、僕は仕事があるので」

と、片山は早々に逃げ出しかけたが、「そうだ。あの洞窟の中にいた方たち、五人に集まってもらって、例の『告白』について話を聞こうと思ってるんです」

「分りました。いつでも出向きます」

「お願いします。それじゃ」

片山が足早に立ち去ると、

「――刑事さんにも、あんな人がいるのね」

と、伊藤秋子が感心したように、「私、若いころ、デモしてて捕まったことがあるけど、取り調べは、そりゃあ感じが悪かったものよ」

「片山さんは、特別だと思います」

と、洋子は言って、「じゃ、私はあずさちゃんと片付けてから出ますので」

「お世話さま」

伊藤秋子が帰って行き、洋子は後片付けを始めた。

「――洋子さん、とっても幸せそう」

と、あずさが言った。

「え？」

「片山さんって刑事さんのこと、好きなんじゃないですか？」

「まあ……。からかわないで。――私には、片山さんを好きになる資格はないわ」

「どうしてですか？」

「桂木のこともあるし」

「そんな……。済んだことじゃありませんか」

「さあ、片付けてしまいましょう！」

洋子は、わざと大きな声を出した。


「それじゃ、明日五時に」

と、酒井久里子は言って、通話を切った。

「――何ごとです？」

と訊いたのは、村山貴文だった。

二人は、酒井久里子のエステサロンのラウンジにいた。

「他人事《ひとごと》じゃないですよ」

と、久里子は言った。「村山さんのところにもかかって来るわ、きっと。片山って刑事さんから」

「ああ、あの刑事ですか。――何の用で？」

「明日、集まってほしいそうです、あのとき洞窟にいた人たちに」

「すると——七人でなく、今は五人ですね」

「そういうことね」

「しかし、何の用で？」

「さあ、それは言わなかったわ」

と、久里子は言った。「でも、警察の呼び出しをそう度々《たびたび》断るわけにはいきませんものね」

村山のケータイが鳴った。

「来ましたね。——もしもし」

村山は話を聞いて、「明日は大変忙しいんですが……。仕方ない。伺いましょう」

通話を切って、村山は苦々しげに、

「何かひと言、言ってやらないと気がすまないのでね」

と言った。


「ふざけやがって！」

と、桂木は八つ当りしながら、「いつだってコメンテーターなんか辞めてやる！　出てくれと言って来てる番組はいくつもあるんだ」

桂木はいい加減酔っていた。

ＴＶ局の近くの行きつけのバーである。

ここで飲んでいる分には、請求はＴＶ局に行く。

「でも、もう済んだ話なんでしょ」

と、そばについたホステスも、少々うんざりした様子で、「陽気に飲みましょうよ。ね？」

「フン、俺のおかげで視聴率を稼いでるくせに、恩知らずな奴らだ」

桂木のグチは止まらなかった。

——ワイドショーで、浜田洋子の名前を出して、ストーカー被害を受けたと発言したのだが、取材クルーが録《と》って来たのは、桂木の話を否定する刑事の話だった。

局としても、「個人への中傷」はまずい、ということになり、桂木に、

「あの発言を取り消して、謝罪してくれ」

と言って来たのである。

桂木は頑として聞かず、結局、ワイドショーの司会者が、桂木の発言を取り消した。

しかし、番組には、自分で謝罪しなかった桂木への苦情が殺到し、当面、桂木は番組を休むことになった。

言わば「自業自得」だが、桂木はそうは思わない。

ホステスが他のテーブルへ行ってしまうと、桂木は一人飲み続けていたが……。

「このままじゃ、終らないぞ」

と呟いた。

桂木は、現政権寄りのコメンテーターとして、ワイドショーにとっては必要な人材だった。政権内で不祥事が起っても、「問題にするほどのことではない」と、強引な理屈でコメントしていた。

「俺を敵に回したらどうなるか、教えてやる……」

桂木は、ＴＶ局の幹部あてに、「コメンテーターを辞める」というメールを送った。

向うはあわてて詫びを入れてくるだろう。

「俺抜きじゃ、あんな番組は成り立たないんだからな」

と、桂木はもつれる舌で、大きな声のひとり言を言うと、「おい、もう一杯だ!」

と、空のグラスを持ち上げた。

「大丈夫ですか?」

と、ホステスがやって来て、「もうお帰りになった方が……」

「追い返すのか?」

「そうじゃありませんけど、お体にさわりません?」

「これぐらい何だ。ちゃんと局が払ってくれるんだろ。ケチるな」

「はいはい。じゃ、水割りで?」

「当り前だ。わざと薄く作るなよ!」

ホステスの方は取り合わないことにしたようだった。

グラスが来たところへ、ケータイに着信があった。

「来たか」

電話して来たのかと思ったが、メールだった。

桂木は舌打ちして、

「謝るなら、ちゃんとここへ来い」

と言いながら、メールを読んだ。


〈メール、拝見いたしました。

先生とは長いお付合いで、こんなことになるのはまことに残念ですが、状況を考えると、やむを得ないかと存じます。

部長からも、お礼を申し上げてくれとのことです。長い間、ありがとうございました〉

ワイドショーの担当プロデューサーからのメールを、桂木は唖然《あぜん》として何度も読み返した。

謝るどころか、引き止めようともしていない。

――こんな馬鹿な!

「帰るぞ」

と、桂木はフラッと立ち上った。

「タクシーを拾いますよ。その足取りじゃ危いでしょ」

「何を言ってるんだ。俺は酔ってなんかいねえぞ」

と言いつつ、真直ぐに歩けないのだ。

「でも――」

「いいんだ！　これから局へ戻る。用を思い出したんだ」

「大丈夫ですか？　じゃ、お気を付けて」

「ああ。またな」

よろけつつ、それでも外の冷たい空気に包まれると、さすがに少し酔いもさめた。

「『長い間』だと？　俺を締め出してどうなると思ってるんだ！　あんなプロデューサーは地の果てへ飛ばしてやる……」

ブツブツと言いながら、ＴＶ局へと道を辿って行く。

すでに夜中といっていい時間である。局の正面玄関は閉っていて、〈夜間出入口〉へと回らなくてはならない。

桂木は、ケータイを取り出すと、プロデューサーにかけた。

「あ、桂木先生。どうも。あの、メールを拝見して……」

と、プロデューサーが言いかけるのを、

「おい！　今、局の〈夜間出入口〉だ。迎えに来い」

「え？　もう誰もいませんが……」

「いいから開けろ！　お前、どこにいるんだ？」

「帰宅の途中です。タクシーの中で」

「じゃ、俺は中で待ってる。戻って来い」

「え……。しかし、もう大分遠くなんですけど」

「いいのか、俺のことをそんなに粗末に扱って。俺は、社長がぺこぺこする相手の、幹事長や官房長官と親しいんだ。お前が、面倒だからって、そのまま帰ったら、この先、どうなっても知らないぞ」

「桂木さん、そんな……。分りましたよ」

と、プロデューサーはため息をついて、

「これから戻ります」

「ああ、そうしろ」

桂木はニヤリと笑って、

「先に中に入ってるからな」

桂木は夜間出入口のインタホンのボタンを押して、ドアを開けさせると、中へ入った。

「お帰りになったんじゃなかったんですか」

と、顔を知っているガードマンが出て来て言った。

「ちょっと急な打合せでね」

「そうですか。ご苦労様です」

桂木は軽く口笛など吹きながら、エレベーターホールへと歩いて行った……。


「作家？」

と、相沢良子は訊き返した。「作家だったんですか、あの人？」

「ええ、僕は全く知らない名前ですが」

と、ケータイへかけて来た片山刑事は言った。

「堀田《ほった》啓助《けいすけ》というんだそうです」

「はあ……。私も聞いたことありませんけど」

と、良子は言った。

「いや、それよりもですね」

と、片山が続けて、「死因は心臓発作だそうです。殺されたわけではないということです。もともと心臓が悪かったんだろうということでした」

「そうですか……」

「ですから、あなたの名前が出ることはありませんよ。しかし、発作を起さなければ、あなたに暴行を働いていたでしょう。堀田に頼まれて、出版社社長の戸刈がお膳立したようですね。戸刈を訴えることはできると思いますよ」

少しの間、良子が何も言わなかったので、

「——もしもし? 相沢さん、聞こえてますか?」

「はい。すみません、ちょっとボーッとしていて」

と、良子は言った。「ありがとうございました。わざわざ知らせていただいて」

「いや、〈MKオーケストラ〉のことを、あなたがとても心配されていたので」

「ええ、そうなんです。本当に良かったですわ。戸刈という人にも、もらった小切手を返して、終らせようと思います」

「そうですか。それはあなたの判断で。——じゃ、そういうことで」

「ありがとうございました、本当に」

くり返し礼を言って、良子は通話を切った。

そして呟いた。

「遅過ぎたけど……」

でも、それは片山さんのせいじゃない。あんなに親切な人はいない。

とりわけ、下着の替えまでホテルに持って来てくれた妹の——晴美さんといったっけ。何てすてきな兄妹だろう!

そう。あのお二人と会えただけで、私は幸せだわ……。

でも——今、相沢良子は「幸せ」と程遠い気持だった。

リハーサルのあったホールを出た所で、良子はぼんやりとベンチに腰かけていた。

　こんな時間だ。とっくにリハーサルは終って、オケのメンバーは帰っていた。

　西田は？　たぶん良子の気付かない内に帰ったのだろう。

「もちろん」と、西田は言った。

「もちろん、君には感謝してるよ」

　感謝してるよ。——何て冷たい言葉だろう。まるで、落とした財布を拾ってくれた人に言っているようだ。

「君が〈MKオケ〉のために、一生懸命働いてくれたことは、よく分ってる。ありがたいと思ってるよ。ただ——今回のことは、ちょっとね……」

　西田が中途半端に笑顔だったことが、良子には許せなかった。

「ちょっと、何だったって言うんですか？　私はオケのために少しでもスポンサーになってくれる企業を捜してるんです。名乗りをあげてくれたら、会わないわけにいかないじゃありませんか」

　良子が思いがけず強い口調で反論したことで、西田は表情を固くした。

「だからって、その男とホテルに行くっていうのは、どうかと思うね」

　冷ややかな西田の口調に、良子はすぐ後悔した。

「すみません。確かに私が軽率だったと思います。でも——」

「本当に、その男と何もなかったの？　そううまく相手が死んでくれるかい？」

「西田さん。私、西田さんに嘘なんかついたこと、ありません」

「まあいいよ。ともかく、これが万一マスコミに洩れたら、〈MKオケ〉は終りだ。君は昨日付で辞表を出していたことにするからね」

もう、考え直してくれる余地はないと分かった。

「でも……事務的なことは誰がやるんですか？」

「それは心配しなくていい。君の代りはいくらでもいるよ」

その言葉は、良子の胸を鋭い刃物のように切り裂いた。

今さら、

「何でもなかったんです！　あの男は殺されたんじゃないんです！」

と言っても、西田は考えを変えないだろう。何しろ、「代りはいくらでもいる」のだから。

良子は、半ば呆然自失《ぼうぜんじしつ》のまま歩き出した。

そして――気が付くと、自分のアパートへと、夜道を辿《たど》っていた。

カンカン……。踏切の警報機が鳴って、赤い灯が点滅していた。遮断機《しゃだんき》が下りてくる。

この踏切を渡ると、アパートまで五、六分だ。

良子はぼんやりと立っていた。

〈ＭＫオーケストラ〉の用事で、この踏切を駆けて渡ったことが何度もある。電車の本数が多いので、特に朝の通勤時間には、なかなか遮断機が上らず苛々《いらいら》することがあった。

「でも……もう急がなくていいんだわ」

と呟く。

〈ＭＫオケ〉にとって、私はもう他人なんだ。

あんなに……あんなに尽くしたのに。

西田が、スポンサーの岡本江美以外にも、何人も「彼女」を作っていることを、良子は承知していた。

もちろん、やりきれない思いに、胸を痛めることも珍しくなかった。――でも、西田にとって、良子は「女」ではなく、「事務員」だと知っていた。

　その立場に満足していた——と言えば嘘になる。だが、西田とオケのために働けることの喜びが、それを補っていてくれたのだ。

　でも、それも終りだ。

　明日からどうしよう？　毎日、何のために生きればいいのか。

　遠くに、電車の灯が見えた。近付いてくる。

　何秒か後には、目の前を通り抜けて行く。

「死のう」

と、良子は呟いた。

　一瞬の決断だった。——簡単だ。遮断機をくぐって、線路の上に立つ。

　そうすれば、電車がアッという間に良子の命を奪っていく。

　良子は遮断機をくぐった。

　電車がやってくる。——あと数秒で、すべては終る。

　そのとき——ケータイが鳴った。

　ハッとして、後ずさった。

　ケータイを手にすると——片山からかかって来ていた。

　良子は、遮断機の外に戻った。電車が轟音《ごうおん》をたてて通過して行った。

「——もしもし」

　と、良子は出て言った。「相沢です」

「度々すみません」

と、片山は言った。「さっき言い忘れて。あのホテルの部屋から、堀田という男の服などが失くなっていたことです。ホテルのボーイが、頼まれて持ち出したようです。頼んだのは、おそらく戸刈でしょう」

「はあ……」

「たぶん戸刈は様子を見に来て、あの部屋へ入ったんだと思いますね。堀田が死んでいるのを見て、あわてて逃げ出した。そして後になって、堀田の身許《みもと》がばれて自分とのつながりが知れると困ると思って、ボーイに服や持物を取って来させたのだと思います」

「そうですか……」

「戸刈を締め上げてやりますよ。とんでもない奴だ。——大丈夫ですか?」

「え……。ええ、私、もう大丈夫です。今、死のうと……」

「え?」

「いえ、何でもないんです」

と、良子は急いで言った。「ありがとうございます、わざわざ」

「いや、さっきお話しすれば良かったんですけどね。二つ用事があると一つ忘れる、って妹にいつも叱られるんですよ」

と、片山はちょっと笑って、「お邪魔しました」

「いいえ。どうも——本当にありがとうございました」

　通話が切れた後も、良子は手にしたケータイをじっと見つめていた。

「片山さん……。ありがとう」

まるで、私が何をしようとしているか、知っていたかのように、かけて来てくれた。

気が付くと、良子は泣いていた。

悲しくて泣いたのではない。

生きている自分が嬉しくて泣いたのだった。

——片山さん。私はあなたに救われたんです。

良子は、遮断機の上った踏切を、スキップするような、弾んだ足取りで渡って行った……。
そして、ちょうどそのとき、片山のケータイが鳴って、ある知らせが届いていた。
桂木貞二がテレビ局で、殺されているのが発見された、という知らせだった……。

14

道を迷う

「本当に何も知らないんです」

と、そのプロデューサーは、寒いフロアでも汗をしきりに拭って言った。「信じて下さい！」

「いや、別にあなたがやったと思ってるわけじゃありませんからね」

と、片山はなだめて、「ただ、どうしてこんな時間に局に戻って来たのか、と訊いてるんです」

「ニャー」

と、片山の足下でホームズが鳴いた。

それを見て、上村《うえむら》というプロデューサーは、目をパチクリさせて、

「可愛い猫ですね」

と言った。「こんな猫がいたかな。この局に？」

「これは警察猫です」

と、片山は言った。

「——そんなのがいるんですか！」

急にプロデューサー感覚に戻ったようで、

「いや、面白い！　ぜひ〈ペット大集合〉の特番に出演していただきたいです！」

「今は事件の話を」

「あ、そうでした」

と、また汗を拭く。

「上村さんとおっしゃるんでしたね。桂木貞二さんがコメンテーターをつとめているワイドショーの担当プロデューサーで」

「そうです。でも、桂木さんが降板することになり……」

「そうですか。いつのことです？」

「今日――というか、ゆうべですね。あのストーカー騒ぎで、桂木さんへの抗議が殺到しまして……」

上村は、桂木の方から「辞める」というメールが来て、了承したら、今度は桂木にＴＶ局へ来いと呼びつけられたという事情を説明した。

――そこは、いつもワイドショーの収録をするスタジオだった。

もちろん今はスタッフもいない。

ただ、明りの点《つ》いたスタジオの床に、桂木貞二が仰向《あおむ》けに倒れていた。胸の辺りが血に染っている。

石津や、鑑識の人間たちが死体の周りを調べていた。

「それは、本気で辞めようとしたんじゃないですね」

と言ったのは、片山について来た晴美だった。

「辞めると言えば、引き止められると思って……」

「ええ、そうだと思います」

と、上村は肯いて、「桂木さん、かなり頭に来てましたからね」

「あのストーカーの件ですね？　でも、あれは桂木さんの方がいけないでしょう」

　と、晴美は言った。

「おっしゃる通りです。みんなそう思ってました」

「だったら、そう言ってあげれば」

「とてもそんな……。『何でも俺の言うことは通る』と、口に出して言ってたんですからね」

「どうしてそんなに偉そうにしてたんですか？」

　と、片山が訊くと、晴美が呆れたように、

「お兄さん、知らないの？　桂木貞二って、今の政権とべったりで有名だったのよ」

「そんなことぐらい……知ってるとも」

　と、片山はムッとした様子で、「何か他に理由があったのかと思ったんだ」

　少々言いわけじみていたが、

「いや、確かにそうなんですよ」

　と、上村は言った。「それに加えて、番組のスポンサーとも結びついてましてね」

「スポンサー？　もしかして、それって、エステの……」

「ええ。〈エステサロン・サカイ〉が、あのワイドショーの一番大きなスポンサーなんですが」

「その〈サカイ〉と桂木さんが……」

「〈サカイ〉の酒井久里子さんと桂木さんは、かなり親しい仲でした」

「酒井久里子さんと？」

　片山は晴美と顔を見合せた。あの洞窟から生還した一人ではないか。

　桂木は、あの通訳の浜田洋子だけでなく酒井久里子とも係りがあったのだ。これは偶然だろうか？

「――このスタジオに来る途中で、誰かと会いましたか？」

と、片山は訊いた。

「いえ、誰とも。――ああ、もちろん夜間に巡回しているガードマンとは夜間出入口の所で会いましたが」

「入って来たときは、このままの状態でしたか？」

「ええ、手をつけていません。亡くなっているのはひと目で分りましたから」

「なるほど」

すると、ホームズが「ニャオ」と鳴いた。天井の方を見上げている。

「上村さん」

と、晴美が言った。「あなたが入って来たとき、スタジオの明りは点いてましたか？」

そう訊かれて、上村はちょっと考え込むと――。

「待って下さい。――ともかく倒れている桂木さんを見付けてショックだったので記憶が……。ああ、思い出した。ええ、明りはもう点いてました」

「そうですか」

しかし、犯人が急いで逃走したのなら、少しでも死体の発見が遅くなるように、明りは消して行きそうなものだ。

「――お兄さん」

と、晴美がケータイを渡して、「お兄さん、電話よ」

「分った。――もしもし？」

「浜田洋子です」

「あ、どうも。あの――」

「妹さんからメールをいただいて。桂木が殺されたって本当ですか?」

「ええ、そうなんですよ」

「まあ……。もちろん、悲しくはありませんけど、一体誰が――」

と言いかけて、「私じゃありません!」

と、急いで言った。

「いや、それはもちろん――」

「私、ついさっきまで、永田あずさちゃんと一緒だったんです。夕食はあずさちゃんの事務所の社長さんとも一緒でした」

と、早口で言って、「良かったわ。一人で食べてなくて。でも――何時ごろ殺されたんでしょう?」

「まだはっきりとは、分りません」

と、片山は言った。

「たぶん……桂木を嫌ってる人は大勢いたと思いますけど、殺すほど恨んでるって……。でも、私の知らないことも沢山あったでしょうね」

と、洋子は言った。「そんな死に方するなんて……」

「一つお訊きしたいことが」

と、片山は言った。

「はい、何でしょう?」

「桂木は、あなたと一緒に洞窟に閉じ込められていた、エステサロンの酒井久里子と親しかったようです。ご存じでしたか?」

「いいえ。そうだったんですか? ――私、あの人が〈エステサロン〉をやってることも、後で新聞を見て知ったんです」

と、洋子は言った。「私、ああいう所には縁がないので」

「なるほど。そうですか」

片山は何となくホッとした。「明日、集まっていただくのは予定通りに、と思っていますので」

「かしこまりました」

と言って、洋子は通話を切った。


「ついさっきまで、じゃなくて、今も一緒ですけど」

と言ったのは、永田あずさだった。

「分ってるけど、つい……」

と、洋子は苦笑して、「二人で飲んでるとは言いにくくて」

「どうして？　私、少しも恥ずかしくないですよ。洋子さんのこと、大好きだもの」

あずさは、洋子に身をもたせかけて言った。

「あずさちゃん……」

洋子の部屋で、二人は飲んでいた。コーヒーを。

「桂木なんて、殺されても自業自得だわ！」

と、あずさは憤然《ふんぜん》として言った。「洋子さんを悲しませるなんて！」

「ありがとう。嬉しいわ」

洋子は、あずさの肩を抱いて言った。「でも——一体誰が桂木を殺したのかしら？」

「きっと、桂木にひどい目にあわされた人ですよ」

「そうね……。でも、桂木は見かけほど図太くはなかったのよ。むしろ小心者だったんでしょう。だから、捨てた私のことにまでこだわってた」

「身勝手な奴！」

「そうね。でも——もう死んだのよ。悪口を言うのはやめましょう」

「洋子さんってやさしいんですね」

と、あずさは言って、「そういう洋子さんが好き」

　あずさは洋子の頬に唇をつけた。

「あずさちゃん……」

「いいんです。何も言わないで。――私はもともと女性が好き。でも、洋子さんはそうじゃないですよね」

　と、あずさは言った。「ただ、今は『男なんて』って思ってるから、私がこうしていてもいやがらない。でも、いずれ洋子さんにはまた男性の恋人ができる。それも分ってるけど、いいんです。今、洋子さんが私の気持を拒まないでいてくれることが、私の幸せ……」

　洋子のケータイにメールが届いた。手に取ってみると、あの演出家の仁科からだった。

〈あなたに不愉快な思いをさせてしまってすみませんでした。また稽古を再開しませんか。もしお腹立ちでなければ。仁科〉

　洋子は返信した。

〈ぜひ稽古を再開しましょう！　よろしくお願いします！〉

　桂木の言い分が間違いだったと、みんな分ってくれたんだ。

　洋子は嬉しくて、あずさのおでこにチュッと唇をつけた。

「私……」

　と、竹下百合は、そっと囁《ささや》くように言った。

「ずっとこうなりたかったんです、部長さんと」

「ありがとう」

　橋爪は、ベッドの中で、百合の細身の体を抱き寄せながら、「しかしね、『部長さん』はやめてくれないか」

「つい、慣れてるんで」

と、百合はちょっと笑って、「じゃあ、橋爪さん？　治さん、でもいいかしら」

「ああ、それがいいね」

ホテルの薄暗い部屋で、橋爪は娘のように若い百合と愛し合ったばかりだった。

「――あの人は何て呼んでるんですか？」

「あの人？」

「玉井さんです」

「ああ……。あいつは僕の名前なんか呼ばないよ」

と、橋爪は苦々しげに言った。

「でも、ひどいですね。一千万円？　それって恐喝ですよ」

「そんな女だと見抜けなかった僕が馬鹿だったのさ」

「でも……そういう風に人を信じちゃうのが橋爪さんのいいところですよね」

「そう言われると照れるね」

「払うんですか？」

「いや……。払いたくても、とてもそんな金はないよ」

「奥さんに知れたら大変ですね」

「彼女のことは、何となく感付いてるようなんだが、一千万の話はね。どう切り出したって……」

橋爪は、玉井照子が直接妻に請求書を渡したとは思ってもいなかった。

「じゃ、何とかしなきゃ」

と、百合は言った。「私、玉井さんって、絶対に色んな秘密を抱えてる人だとにらんでるんです」

「秘密か……。そうだな」

「私、探り出してみせます。玉井さんの秘密。向うの弱味をつかめば、ゆすられることもないでしょ」

「そうだね。しかし、君にそんなことまでさせては申し訳ないよ」

　橋爪も、玉井照子を殺すつもりだとは言えなかったが……。

「あなたの役に立てれば嬉しいんです」

　と、百合は橋爪にしがみつくようにして、「あなたのためなら、何だってしてします。――どんなことだって」

　百合の言葉に、橋爪は自分の考えを見抜かれているような気がしてドキッとしたのだった……。

15 集合

「洋子さん、どうしたんですか？」

永田あずさにそう訊かれて、浜田洋子はフッと我に返った。

「——え？　何のこと？　何かあった？」

と、自分でもわけの分らないことを訊き返している。

「いやだなあ」

と、あずさは思わず笑って、「洋子さん、心ここにあらずなんだもの。いつもはこんなことないのに」

「え……。そうだったかしら。ごめんなさい、私……」

と、口ごもってから、洋子はやっと今の自分の状態が把握できた。

そして、一旦目を閉じて、深呼吸すると、

「——はい！　もう大丈夫。ごめんね」

と、座り直した。

「いいですけど」

と、あずさは開いていたファイルのページを前に戻して、「タイムテーブルの確認からやり直しましょうか?」

「いえ、そこまでは——」

と言いかけて、「そうね。どうせなら第一ページからやり直しましょ」

「そうしましょうね」

——永田あずさの勤めるイベント会社〈Qプロ〉の入ったビルの地下にあるティールーム。

二人がよく打合せに使う店である。

浜田洋子は、本業である通訳の仕事で、この週末に迫った〈R自動車〉の新車発表会の仕事について、進行の細かい点を打合せているところだった。

とはいえ、もちろん主導権はクライアントの〈R自動車〉が持っているので、間際になって変更が入ることもある。

それでも、今送ってもらっている当日の進行表に沿ったこちらの予定はしっかり立てておかないと、当日混乱してしまう。

「〈R自動車〉は大手ですからね」

と、あずさは言った。「小回りがきかないので、却って細かい変更はないと思いますよ」

「そう願いたいわね」

と、洋子はファイルの一ページ目に戻って言った。「心配なのは、肝心の新車についての情報がほとんどないことね」

「そうなんですよ。〈新車発表会〉なのにね」

と、あずさがため息をつく。「何度も問い合せたんですけど、『極秘だ!』って怒鳴られちゃう」

「一日二日情報が早くても遅くても、変りないでしょうにね」

発表会当日まで、新車のデザインから性能、価格まで極秘扱いだ。しかし、それを英訳して、さらにはドイツ語訳して説明するのは通訳の洋子の役目である。

「自動車会社の仕事は以前にもやってるから、基本的な自動車工学の用語は頭に入ってるけど、新技術となるとね」

と、洋子は首を振って、「でも――まあ、何とかなるでしょ」

「よろしく。ともかく払いはいいです」

「そこが大切ね」

と、洋子は笑って言った。

そこへ、洋子のケータイが鳴って、

「ごめんなさい。――もしもし」

と、答えながら急いでティールームを出て行く。

そのいそいそとした感じ。あずさは、つい笑みを浮かべた。

洋子はすぐに戻って来ると、

「あずさちゃん、悪いんだけど、ちょっと行く所ができたの。細かい打合せは前の日でもいいかしら」

「ええ。――どうせここに書いてあることぐらいしか分ってませんから」

「じゃ、私、これで……。資料はよく読んでおくわ」

と、洋子は手さげのバッグにファイルをしまった。

「洋子さん、今日はあの人に会うんですよね？」

「あの人？」

「とぼけないで。片山刑事さんですよ」

「ああ……。ええ、でも会うったって、二人きりってわけじゃないわ。この間の洞窟にいた人たちが集まるんだもの」

「でも、会うことには変りないじゃないですか！　頑張って！　応援してますから、私」

「ちょっと……。私、ボクシングの試合、やりに行くわけじゃないのよ」

と、洋子は少し照れたように言った。

「それじゃ」

と行きかけて、「あ、お茶のお金……」

「いいですよ。これぐらいはうちの社でも出せます」

「じゃあ、ごちそうになるわ。また――」

　ティールームを足早に出て行く洋子を見送って、あずさはカップに残った紅茶をゆっくり飲み干すと、

「いいなあ……」

と呟いた。

　もちろん、洋子が本当は誰に会いに行くのか、あずさは知っているわけではない。それでも、あのワクワクした洋子を見れば、そう思わざるを得ない。

　あずさが、洋子の恋人にやきもちをやいてもどうなるものでもない。それでも、ずっと仕事で付合っている間、あずさはひそかに洋子を想《おも》うようになっていた。

　それが一気に高まったのは、洋子があの桂木の愛人だったこと、それも一時は、捨てられて死のうと思い詰めたほどだったと知ったせいだった。

　もちろん、今の洋子は、桂木との記憶を乗り越えている。でも、あずさの脳裡《のうり》には、洋子が桂木に抱かれている光景が焼き付けられたように残っ

ていた。

「洋子さん……」

いつか、私を抱いてくれる？　――あずさは心の中で、そう問いかけていた。


「〈炎の天使〉？」

と、西田雄一は訊き返した。「それって、オペラだろ、プロコフィエフの」

「ああ、そうだ」

と、相手は肯いて、コーヒーを飲んだ。

「どういう話なんだ？」

「決ってるじゃないか。ピットに入ってほしいのさ」

西田は動揺しているのを知られないように、

「コーヒー、もう一杯」

と、注文しておいて、まだカップに三分の一ほど残っていたコーヒーを飲み干した。

「――しかし、〈Sオペラ〉もよく決心したね。〈炎の天使〉は上演するのが大変だろ？」

と、西田はひとまず話を、オペラを上演する団体の方へ持って行った。

「もちろん、内部じゃかなりもめたらしいよ」

と肯いたのは、オペラやミュージカルの企画を担当するプロダクション〈Z企画〉の金山《かなやま》。

西田の〈MKオーケストラ〉も、イベント出演などで、しばしば金山と仕事をしていた。三十代半ばの金山は、西田よりずっと年上だが、西田の指揮者としてのプライドを尊重してか、友達付合いをしてくれている。

「しかし、あそこのトップは替ったばかりだろ。何か新しいことをやりたいんだな」

と、金山は言った。「演出も自分でやると張り切ってる」

「そうか」

「それで、どうせなら、若いオーケストラに任せたいってわけだ」

　建前はそうだろうが、正直なところは、一流のオーケストラを頼めばギャラが高くなる。一般の人になじみのないオペラをやるということは、大赤字になる危険をはらんでいるわけで、まだギャラの安い〈ＭＫオケ〉に目をつけたということだろう。

「それで――どうだ？　〈ＭＫオケ〉にやれるか？　とても無理ってことなら、他を当らなきゃならない」

　と、金山は言った。

　西田は新しいコーヒーが来て、ブラックのまま、ゆっくりとひと口飲んだ。余裕のあるところを見せつけたかったのである。

「――やれるか、って？　もちろんやれる！　任せてくれ」

　と、西田は力をこめて言った。

「そうか。頼んだぜ。何しろあまり時間がない。本番は年明けすぐだからな」

「本番三回だな」

「ああ。チケットの売れ行き次第で、もう一回増やせるかもしれない。ともかく主役のソプラノが、その時期しか押えられないんだ」

「分った。スケジュールを――」

「一週間以内に送るよ。じゃ、よろしく」

「うん。頑張るよ」

　と、西田は、二十四歳らしい言い方をした。

　金山が自分のコーヒー代を置いて出て行くと、西田は初めて息を吐き出した。額に汗がにじんでいた。

――オーケストラピットに入って、オペラを指揮する。

それは西田にとって大きな目標の一つだった。指揮者なら誰だってそうだろう。

しかし、ヨーロッパやアメリカの大都市とは違って、日本でのオペラ公演は少ない。

当然、指揮する機会も限られてくる。西田のような、二十代の若手にそんなチャンスが巡って来ることは、ほとんど奇跡に近いと言っていい。

「誰が断るもんか！」

つい、口に出して言っていた。

隣のテーブルの客が、びっくりしたように西田を見ている。あわててコーヒーを飲んだ。

だが――冷静になって考えてみると、自分が引き受けたのは、とんでもない難題だと分って来た。

〈MKオーケストラ〉は、まだまだ一流とは言えない。有名なソリストを招《よ》んで、客を集めているのが実情である。

〈MK〉に、果してオペラが演奏できるか？　バレエの伴奏でオーケストラピットに入ったことはある。

しかし、オペラとなると全く話は別だ。西田自身、本格的なオペラ公演を振ったことはない。

しかも、コンサートのように、西田が演奏を自由にできるわけではない。歌い手のやり方、演出家の考えにも合せていかなくてはならない。

そんなことができるか？　人に合せて、それでいて自分の指揮として評価されなければ意味がない。

「練習だ」

一日も早く、楽譜をもらって、西田も読み込み、オケのメンバーも練習を始めなければならない。

「――そうだ」

西田はプロコフィエフのオペラ〈炎の天使〉を、DVDで見たことがあるだけだが、プロコフィエフは常に大編成のオーケストラを必要とする。今の〈MK〉だけではとても足りない。〈トラ〉――エキストラのメンバーを集めなくては。

どうやって？　――西田は舌打ちした。

これまでに頼んだ〈トラ〉のメンバーは、すべて相沢良子が把握していた。そして評判の良かった人には、その後も連絡を取り続けて、次の機会に備えていた。

良子……。その良子を、俺は追い出してしまった。

タイミングが悪かったな……。

ちょっとばかり後悔はしたが、しかし西田は思い直した。

良子は俺に惚れているんだ。今からでも、

「悪かったよ」

と、謝って――食事でもおごって、ワインでも飲めば……。

うん、大丈夫だ。良子はまだまだ俺のために働いてくれる。

西田は心配していなかった。

ケータイを取り出すと、良子にかけた。

呼出音が聞こえている間、西田は、まず初めに何と言おうかと考えていた。

あの人、どうしたのかしら？

橋爪さつきは首をかしげていた。

あんな風に上機嫌で――というより「舞い上って」と言うべきだろうか。あんな夫を見ることはめったにない。

さつきをちょっと苛々させているのは、夫がなぜそんな風だったのか、見当がつかなかったからだ。

いつもなら、夫、橋爪治が何を考えているか、どんな気分でいるか、さつきは常に把握していた。浮気していればすぐに分るし、それでいて、「気付かれないように」必死でわざとらしい芝居をしたりするのを、心の中で笑ってやっていた。

さつきだって、昔からこうだったわけではない。夫の裏切りに苦しみ、悩んだことも一度や二度ではない。

今だって、相手の女に全く嫉妬しないわけではない。

それでも、娘の典子が二十歳になり、田中一郎という彼氏もできて、さつきは自分のことを客観的に眺められるようになった。

やきもちをやいたり、泣いたりしたって、夫はまるで変らない。それなら、夫の「秘密」をいつも承知していて、冷ややかに眺めている方がずっと楽しいということに気付いたのである。

そして——あの女。玉井照子。

さつきに一千万円の請求書を突きつけた女だ。

——そろそろ夕方になろうとしていた。

自宅の居間で、さつきはコーヒーを飲んでいた。

あの人、どうしたのかしら……。

今日は昼ごろやっと起きて来て、

「会社へは行かないからいいんだ」

と言って、のんびり新聞を広げていた。

そして三時ごろになって、出かけて行ったのである。

橋爪は〈H工機〉の部長だから、必ずしも朝九時に出勤しなければならないわけではない。

それでも、あんな風に悠然として出かけて行くことはまずない。

何かあったんだわ……。

ケータイが鳴った。

「――あ、田中です」

「ああ、どうも」

「今、話していても大丈夫ですか？」

大学生にしては、気のつかい方が大人のようだ。

典子が少々わがままなので、田中のような大人びたタイプのボーイフレンドは安心だとさつきは思っていた。

「あの請求書のこと、ご主人には――」

「言ってないわ。でも、当人も私に隠してるつもりでしょうけど、あんまり気にしてない様子なのよ」

「それは妙ですね」

「それで、電話してくれたのは？」

「ああ、そうなんです。玉井照子のこと、調べてみたんですけど――」

と、田中が言いかけたとき、玄関の方で物音がした。

「ちょっと待って。今、誰か……。主人かしら？」

ケータイを手にしたまま、さつきはソファから立ち上ると、

「――あなたなの？」

と言いながら、居間を出た。


「ごめんなさい、お待たせして」

と、酒井久里子はラウンジへ入って来ると、村山と向い合った椅子にかけた。

「いや、ここは寛《くつろ》げるんでね。何時間でも待ってられますよ」

と、村山は言った。「まだ時間があるでしょう」

「ええ。片山刑事さんの指定して来た場所は近くですからね」

〈エステサロン・サカイ〉のビルのラウンジである。

「私はダージリンを」

と、酒井久里子は言っておいて、「今日は五人揃うんでしょう」

「そのようですね。しかし、肝心の殺人犯が捕まっていないのに」

「だから五人から話を聞こうとしてるんでしょう」

「というと……。何かご存じなんですか？」

「刑事の耳に入ってるようですよ。例の〈告白〉のこと」

「ああ……。しかし、あの件については……」

「ええ。私と村山さんは何も聞かなかったことにしようと決めましたね。でも……」

「それが何か？」

「他の三人が、〈告白〉を聞いたと認めたら、私と村山さんが何も聞かなかったというのは不自然じゃありませんか？」

「それは……まあ……」

と、村山は曖昧に、「といって、今さら……」

「それは大丈夫ですよ。あのとき話し合ったように、誰の声かも、話の内容もよく分らなかったから、聞いてないことにしようと決めたんです、とそう言えばいいですよ」

「そう……。まあ、それならそれで」

と、村山は肯いた。「しかし、実際のところ、どうなんでしょうね？　五人の中の誰かだったとしたら……」

「そうですね」

久里子は紅茶にミルクを注《そそ》ぎながら、「村山さん、あなたじゃありませんよね？」

と言った。

村山が一瞬凍りついたように、目を見開いて、

「――まさか」

と言った。「私の声だったとおっしゃるんですか？」

「いいえ、分りません」

「びっくりさせないで下さいよ」

と、村山は引きつったような笑みを浮かべた。

「でも、あのとき、〈告白〉があったのは事実ですよね。そうすると、亡くなった二人、若い女の子と、ずっと文句を言っていた営業マンの二人じゃないでしょう。そして他の面々を見ると、若い指揮者。後は中年の男と女。――一番長い『過去』を持っているのは、村山さん、あなたですものね」

「そんなことは……。確かに年長ではありますが、私の人生は至って平凡です。人を殺すようなことに係ったことなど……」

「ええ、そう。そうでしょうね」

どこまで本気なのか、久里子は、微笑んで、

「じゃ、そろそろ出かけましょうか」

と言った。

16 忘却

「今日お集まりいただいたのは――」

と、片山は言った。「ここにおいでの五人の方々と、亡くなった二人、仲間千枝さん、小泉昭夫さん、七人が洞窟に一緒に閉じ込められたことに関してです」

何とも微妙な雰囲気だった。

浜田洋子を除く四人は、初めから「迷惑だ」という気持を隠そうともしていなかった。

「こんな所で集まるなんて」

と、酒井久里子が口を開いた。「うちの〈エステサロン・サカイ〉のビルのラウンジを、いつでもタダでお貸ししましたのに」

「殺風景な所で申し訳ありません」

と、片山は言った。「ですが、殺人事件の捜査というのは、殺風景なものでして」

「あの二人が殺されたことと、あの洞窟でのことと、何か関係があるとでも？」

と、村山が言った。「そういう証拠でもあるんですか？」

「それを調べるのに、ご協力いただきたいのです」

と、片山は言った。

警視庁から近い公立の古い会館で、結婚式などが格安で挙げられる。その中の会議室は、確かに、空間とテーブルと椅子しかない場所だった。

「伺いたいのは、二つの殺人事件についてだけではありません。もう一つ――過去にあったかもしれない殺人のことです」

浜田洋子が、

「あのとき聞こえた〈告白〉のことですね」

と言った。

「ええ。――閉じ込められた暗がりの中、もう助からないと思った誰かが、かつての〈殺人〉を告白した、という話を聞いたのです」

と、片山は言った。「皆さんにお話を伺ったとき、その〈告白〉に全く触れなかった方もありました」

「私は聞きましたよ」

と、ちょっと手を上げて言ったのは、橋爪治だった。「確かに、その声は、誰かを殺したと言っていた」

「それが誰の声だったか――」

「それは分りませんね。あのときは、洞窟の中で、声も妙な具合に響いていたし、そう、酸素が薄くなったせいで、頭がボーッとしていたから」

と、橋爪は言った。

「ひと言言わせて下さい」

と、酒井久里子が言った。「私がその件についてお話ししなかったのは――」

　久里子は、村山と二人で、はっきりしないことは黙っていようと決めたことを説明した。

「私たちの判断に問題はなかったと思っていますけど」

　久里子の話し方には説得力があった。村山は、久里子が自分のことも言ってくれたのでホッとした表情になった。

「僕も……」

　と、西田が渋々言った。「聞いたような気はします。でも、やはり話の内容もはっきりしなかったし。それに――クラシックといっても、やはり人気商売ですからね。万一、妙なスキャンダルにでも巻き込まれたら困ると思って、黙ってたんです」

「お話は分りました」

　と、片山は言った。「しかし、何といっても、殺人の告白というのは、見過していいことではありません。よく思い出していただいて、それがどんな内容だったか、告白したのが誰だったか、心当りがおありなら、ここで話して下さい」

　五人が互いに顔を見合せる。――そう言われてもね、と言いたげな表情だ。

　すると、片山のケータイが鳴った。

「失礼」

　と、片山は会議室から出て行った。

「――刑事さんも、手掛りがなくて焦ってるんですな」

　と、村山が言った。

「そうですね。でも……」

　と、久里子が言った。「あの刑事さん、一見ボーッとして見えますが、結構優秀だと思いますよ」

「どの辺が？」

と、西田がちょっと小馬鹿にしたように言った。

「ここに集まるように連絡があったとき、私は言ったんです。うちのラウンジを使って下さって構いません、と。でも、あの刑事さんは、『公務ですからタダでお借りするわけには』と言いました。でも、分っていたんだと思います。私の持っているビルの中では、私は強いということを。周囲に、いくらでも私の言うことを聞く者がいます。でも、ここでは私一人。あの刑事さんは他人の土俵で勝負したくなかったんですよ」

「なるほど」

と、村山が肯いた。

ドアが開いて、片山が戻って来た。

「せっかくおいでいただいて申し訳ありませんが、ちょっと事件が起りました。申し上げたこと——何か〈告白〉について思い出したことがあれば、夜中でも結構、私のケータイへご連絡下さい」

拍子抜け、という様子で、みんなが立ち上った。

片山は付け加えて、

「殺された仲間千枝さんは、刺される直前、犯人を見て、『あら』と言ったそうです。知っている顔だったということです」

片山はそれだけ言って、ドアを開け放すと、傍《かたわら》へ寄った。

「——何か思い出したら、必ず連絡しますよ」

と、橋爪は片山に言って出て行った。

最後になったのは、浜田洋子だった。

「片山さん。——色々ありがとうございました」

「いや、何とも……」

「お役に立てればいいんですけど、いくら考えても……」

「分っています。無理をしないで下さい」

「はい、どうも……」

と、洋子が行きかけると、

「お芝居の稽古は進んでますか？」

と、片山が訊いた。

「まあ、そんなこと……。片山さん、もしかして、演出家の仁科さんに……」

「向うから訊いて来たんですよ。あなたがストーカーなどするわけがないと信じておいででしたよ」

「でも、仁科さんに話して下さったんですね！ありがとう！」

「舞台はいつですか？　見に行きますよ、妹たちと」

洋子が頬をポッと赤く染めた。


――会議室に片山一人が残ると、隣のドアが開いて、晴美とホームズが出て来た。

「どうかしら、効果のほどは」

と、晴美が言った。

「うん……。どうなるかは分らないが」

と、片山は言って、「ホームズはどう思う？」

「ニャオ」

としか言わないホームズだったが、その眼には、片山を慰めているような表情があった（ように、片山には見えた）。

もちろん、必要なのは仲間千枝と小泉昭夫を殺した犯人を逮捕することだ。しかし、あの五人の中に、その犯人がいたとしたら、他の四人の口をふさごうとするかもしれない。

これ以上の犠牲を出さないことが大切だ。――今日こうして五人を集めたのは、これ以上の犯行を思いとどまらせるためでもあった。

「洞窟の七人の他に、桂木が殺されてるわ」

「ああ。――桂木を殺したのは誰なのか分らないが、その〈告白〉と直接関係はないだろう。桂木はあそこにいなかったわけだし、〈告白〉について、何か知ってるとも思えない」

「そうね。でも、桂木を恨んでる人間は結構多いでしょうからね」

片山のケータイが鳴った。

「――はい、片山刑事です」

「酒井久里子です。先ほどはどうも」

「いや、ご苦労様でした。何か?」

「実は――」

と言いかけると、少し間を置いて、「――あの洞窟の中の告白、たぶん村山さんだと思います」

「それは――はっきりした証拠が?」

「いいえ。でも、考えてみれば、あの五人の中で、そういう過去を持っていそうな人は、村山さんだと思うんです」

「〈告白〉が、村山さんの声だったと?」

「ええ、たぶん」

と、久里子は言った。「たぶんあの人の声だったと思いますわ」

「分りました。こちらでも、村山さんの過去について、当ってみましょう」

と、片山は言った。「ありがとうございました」

「あ、それで、もちろん――」

「酒井さんから聞いたことは誰にも言いません。ご心配なく」

「そうですね。片山さんはとても信頼のおける方。初めてお会いしたときから、私、そう思ってましたわ」

「それはどうも」

「とてもハンサムでいらっしゃるし、もったいないわ。ぜひ、うちの〈サロン〉で男を磨かれては？　片山さんなら無料でお使いいただきますわ」

「恐縮ですが、それほどの中身でも……。そういえば、ＴＶのコメンテーターの桂木さんが殺されましたが……」

「存じてます。怖いことね」

「桂木さんとはお付合いがおありだったと聞きましたが」

「そうですね。――ＴＶ番組で何度か顔を合せましたが、個人的には全く」

「そうでしたか。ではどうも――」

「期待しておりますわ。片山さんの名推理を」

何とも捉えどころのない口調で、久里子は言って切った。

「――早速反応があったわね」

と、晴美が言った。

「村山はびっくりするだろうな、酒井久里子に告発されたと知ったら」

「で、どうなの？　村山って人の過去は？」

「石津が当ってる。音楽評論家になる前の経歴があんまりはっきりしないんだ」

「そう。それと――」

「もちろん、酒井久里子もな。過去に何かあったとすれば、彼女の方がずっと可能性がある」

「そうね。あそこまでのし上るのは並大抵のことじゃないわよ」

「それと橋爪だな。いやに協力的だってことを見せつけようとしてる」

「何か下心がありそうね」

「ああ、間違いなくあるな。だけど、それが見え透《す》いてるところが……」

「巧妙な殺人犯とは思えない。でしょ？」

「ニャー」

と、ホームズが同意の声を上げた。


「ただいま！　――お母さん？」

橋爪典子は玄関を上って、「いないの？」

いやに静かだった。

そろそろ夕方で、暗くなり始めているが、カーテンは開けたままで、明りも点いていない。

母、さつきは割合せっかちで、早目にカーテンを閉めてしまうのだが……。

「出かけちゃったかな」

典子は居間の明りを点けて、カーテンを引いてから、自分の部屋へ入って行った。

この分じゃ、夕食の仕度はしてないだろう。どうせ友達と会うことにしていたので、ちょうどいい。何か食べて来よう。

遊び着に着替えると、典子は化粧を直した。

――もう二十歳だ。「大人の女」である。

スマホを見ると、田中からメールが来ている。

〈話があるから、連絡して〉とある。

「年中会ってるじゃない」

と、典子は笑って呟いた。

正直なところ、典子は田中一郎との付合いに少々飽きていた。

確かに、真面目で――とはいっても典子とホテルに行ったりはしていたが――この先もコネでいい会社に入り、ビジネスマンとしてそこそこうまくやっていくだろう。

でも――二十歳の典子としては、あまりに刺激がなさ過ぎるのだ。結婚して、子供を作り、ＴＶのＣＭに出て来そうなマイホームで暮す。

現実的かもしれないが、でも……。

もうちょっとワクワクするような恋ってないのかしら？

ぜいたくと言えばそうなのかもしれないが……。

母、さつきが田中のことを気に入っているのも、ちょっと引っかかった。そんな「いい子」と、このまま付合って結婚するのかしら？

まだ二十歳よ、私！　もっともっと、色んな男と出会いたい。そして燃えるような恋がしたい！

でもねえ……。そんな男がどこにいる？

父を見ていると、女にだらしないところに笑ってしまうのだが。

例の、洞窟に閉じ込められたときだって、誰か女を連れての旅行だったと母のグチで聞いている。

「よく、あんなのと浮気する気になるよね」

と、典子は首をかしげた。

まあ、父には〈部長〉という肩書がある。そこにひかれる女が——。典子にはとても理解できないが。

「出かけようっと」

出がけに、戸棚の奥の引出しから、何万円かもらって行こう。カードがあるとはいえ、友達と遊ぶときは現金も必要だ。

部屋を出た典子は足を止めた。

「え？　あれ……」

静かな中に、パタッ、パタッと水滴の落ちる音がしている。

バスルームのドアが少し開いていた。

まさか……。

「お母さん？」

大方、ちゃんと水が止っていなかったのだろう。

典子はバスルームのドアを開けた。

――数秒後、典子は真青《まつさお》になってバスルームから這《は》い出して来た。

声も上げられない。ただ、喘ぎながら、

「誰か……誰か……」

かすれた声でくり返すばかりだった……。

「娘さん、二十歳でしょ?」

と、竹下百合は言った。「私と二つしか違わないのね」

「ああ、そうだな」

橋爪治は顔なじみのレストランで夕食を取っていた。

本当なら、あまり知られていない店の方がいいはずだが、このレストランなら、「仕事上の付合い」の経費で落とせる。

つい、そんな計算をしてしまう橋爪だった。しかし、百合は気にもしていない様子で、

「私、ワイン飲みたいわ」

と、遠慮なく言った。

「ああ、いいとも。ここは白ワインがおいしいんだ」

自分が払うわけじゃないので、気前はいい。しかし、百合の方はそんな橋爪のことを、「せこい」とは思っていなかった。

むしろ、「現実的な人だわ」と評価していたのである。それに、橋爪との仲が社内で知れても構わない、という開き直りがあった。

百合は立て続けにワインを三杯飲んだ。

「強いんだな、君」

「娘さんだって、きっとこれぐらい飲むわ。今の

女の子はアルコールに強いの」

「確かに、典子も強いと聞いたことがあるよ。二十歳になる前からね」

橋爪はステーキにナイフを入れながら言った。

百合は肉を口に入れて、

「いいお肉ね。自分じゃ、こんな高級なステーキ、食べられないわ。奥様が羨《うらやま》しい」

と、アッサリと言った。

「おっと。ケータイだ」

橋爪はケータイを取り出し、「噂をすれば、典子からだ。ちょっと失礼」

橋爪は席を立って行った。

百合はソムリエを呼ぶと、

「赤を一杯、お願い」

「かしこまりました」

「しっかりしたのをね」

すぐに赤ワインがグラスで来て、百合はじっくりと味わって飲んだ。

橋爪が戻って来た。

「遅かったのね。赤、頼んじゃった」

と言ってから、橋爪の様子が普通でないことに気付いた。「どうしたの？」

「典子からだ……」

橋爪は、百合と目が合っていなかった。目を開けていても、何も見ていない。

「治さん……」

「殺された」

「――え？」

「さつきが。女房が殺されたそうだ」

「そんな……。本当なの？」

「うん。典子が泣いてるので、刑事に代った。さつきがバスルームで殺されていたそうだ……」

橋爪は他人事《ひとごと》のような口調で言った。

「治さん、しっかりして!」

と、百合は橋爪の手を力を込めて握って言った。

「すぐ帰らないと。そうでしょ? お店にタクシーを呼んでもらうわ」

百合は、会社で仕事をこなしている感じで、レストランの人にすぐタクシーを呼ぶように頼んだ。

「——すまないね。途中で」

タクシーがすぐにやって来て、レストランの外へ出ると、橋爪は百合に謝った。

「そんなこといいの。道、説明できるわね? 大丈夫?」

「ああ、そんなことぐらい……」

「じゃ、乗って。——お願いします」

百合は橋爪をタクシーに乗せて、走り去るのを見送った。


「——お客様」

レストランの男性から声をかけられて、百合は我に返った。

「え? ——あ、ごめんなさい」

「いえ、とんでもない。コース料理はまだデザートなどが残っておりますけど」

「いえ、でも……」

それどころじゃない、と思った。だけど、デザートを残したところで、お金が戻ってくるわけではない、と思い直した。

「じゃ、いただきます」

——百合はテーブルに戻った。

橋爪の妻が殺された。——もちろん、詳しい状況は分らないが、確かなこと、それは橋爪が独身になったということだ。

だからといって、どうということはない。

「そうよね」

自分が橋爪の妻になる？　娘と二つしか年齢が違わないのに……。

「そんなこと……どうだっていうの」

と呟くと、百合はウェイターを呼んで、「コーヒーをお願い」

そして気が付いた。橋爪は払って行かなかった。

コーヒーが来ると、百合はおずおずと、

「あの……ここの支払いは……」

「橋爪様の場合は、後ほどお勤め先に請求させていただいております」

その返事を聞いて、百合はホッとすると、ゆっくりとコーヒーを飲んだ……。

17

流血

片山は、橋爪家の玄関を上ると、

「早かったな」

と、先に駆けつけていた石津に言った。

「検視官がさっき……」

「現場は？」

「バスルームです」

と、石津が言った。

「ニャー」

「あ、ホームズさん」

石津は、ホームズと晴美が入って来るのを見て、思わず笑顔になった。「ようこそ」

「殺人現場に『ようこそ』はないだろ」

と、片山が苦笑した。「発見したのは？」

「娘さんです。奥の自分の部屋に」

「そうか」

「お兄さん。殺されたの、あの七人の中の一人の奥さんでしょ?」

「そうなんだ。橋爪当人じゃなくて、洞窟にいなかった奥さんが殺された」

ともかく現場へ、というので、片山たちは廊下の突き当りのドアへと向った。

鑑識の人間たちが何人か指紋などをチェックしている。

洗面所とつながった浴室はかなり広い作りになっていた。

ガラス張りの向うが洗い場とバスタブになっている。その洗い場に、全裸の女性が仰向けに倒れていた。

死体の傍《そば》に、シャワーヘッドが落ちている。シャワーを浴びようとして、フックから外したところだったのか。

「気の毒に……」

と、晴美が言った。

胸に刺し傷があった。かなり出血していて、体の脇を伝い、血だまりができていた。

「——即死だな」

と、検視官が言った。「心臓をひと突きだ」

「死亡推定時刻は?」

「たぶん、夕方、四時前後じゃないか。湯に浸ってはいなかったようだな」

バスタブは乾いていた。

「ご主人は?」

と、晴美が訊くと、石津が、

「連絡したときは、誰かとレストランで食事していたようです」

と、答えた。「こっちへ向ってるはずなのでもうじき……」

「妙な話だな」

と、片山は首をかしげた。「橋爪は恋人とあの温泉に行ってた。奥さんがそれを知ってたとしても……」

「洞窟の件とは別ってことかしら？」

「ニャー」

ホームズが、洗面所の方で鳴いた。

「どうかしたか？」

ホームズが、洗面台の脇に置かれた籐《とう》のかごを見た。脱いだものを入れるのだろう。

片山はかごのふたを開けた。

「——空だ」

「じゃ、奥さんはここで裸になったんじゃないってことね」

片山は肯いて、

「寝室だ」

と、廊下へ出た。


ドアを開けると、ツインベッドの入った広い寝室だった。ベッドは毛布がめくってあり、シーツが乱れていた。

鏡台の前の椅子の上に、脱いだスカートやシャツが無造作に重ねてあった。

「——奥さんに恋人がいたってことね」

と、晴美が言った。

「そうらしいな。汗を流そうとして、バスルームへ行った……」

「誰と付合ってたのか……」

片山は、石津に、

「このベッドを調べさせてくれ。男の痕跡が何か残ってるかもしれない」

と言ってから、隣の部屋へと移った。

「バスルームを覗いて、びっくりして……」

と、橋爪典子は言った。「しばらく、一一〇番もできなくてボーッとしてました……」

「分るよ」

と、片山は肯いた。

典子の部屋もかなり広くて、ダブルベッドを入れてもまだ充分にスペースがあった。

「帰宅したとき、何か気付いたことは？」

と、片山は訊いた。

「夕方になってるのに、カーテンが開けたままだったので、変だな、って思いました。お母さん、いつも早めに閉めてるので」

「それで――お母さんが亡くなってるのを見付けた。どうしてバスルームを覗いたんだい？」

「水滴の音が……。パタッ、パタッて聞こえて、ちゃんと水を止めてないのかなと思ったんです。それで見に行ったら、お母さんが……」

「なるほど」

晴美は、ドアの辺りで典子の話を聞いていたが、ホームズが廊下へ出て行くのを見て、ついて行った。

バスルームから死体が運び出されるところだった。

石津が玄関の方からやって来て、

「片山さん。橋爪さんが今――」

「分った」

片山は橋爪が半ば放心状態で玄関を上った所に立っているのを見た。

「あ、刑事さん……」

「今、奥さんのご遺体を運び出すところです」

橋爪は、妻の死体を見せられても、もうびっくりしたり嘆いたりする気力を失っているかのようで、ぼんやりと見下ろすだけだった。

「娘さんが発見したんです。娘さんは部屋に」

そこへ、

「片山さん」

と、石津が呼んだ。

「どうした」

「田中って大学生が。典子さんの友人だそうです」

その会話を耳にすると、典子が部屋から走り出て来た。

「田中さん！」

と、やって来た若者に抱きつく。

「お母さんが？　大変だったね」

典子は片山に田中一郎を紹介した。

「ずっとそばにいてね。お願いよ」

と、典子は田中一郎の腕をしっかりつかんで、自分の部屋へ連れて行った。


「一体誰が……」

「見当もつかないわ」

と、典子は言って、「涙で顔が……。バスルームからタオル取って来てくれる？」

「ああ、もちろん」

田中は典子の頼みで、すぐにバスルームへ。

「あ――失礼します」

田中は晴美とホームズを見ると、「ちょっとタオルを……」

「ええ、どうぞ」

田中は、タオルを一枚つかむと、典子の部屋に戻って行った。

「ニャー」

と、ホームズが鳴いた……。

「〈炎の天使〉ですか」

と、相沢良子は言った。「大仕事ですね」

「そうなんだ！」

と、西田雄一は肯いて、「何としても成功させたい。これがうまくいけば、〈ＭＫオケ〉の名が知れ渡るだろう」

　フルーツパーラーで、良子は西田に呼び出されて会っていた。

　良子が好きで、よくコンサートの帰りに、〈ＭＫオケ〉の女性メンバーと一緒に入る店である。

　良子は特大のフルーツパフェを食べながら、

「それで、〈トラ〉が必要ってことですね」

「うん。何しろ大編成なんだ。ピットに入り切れるか心配だよ」

　西田はコーヒーを飲んでいた。「トラを頼む。君がつかんでるだろ」

　西田は必要なメンバーのメモを渡した。良子はそれを手に取って眺めた。

「これだけの楽器の奏者を集めるのは、容易じゃないですよ」

と、良子が言うと、

「そこを何とか君の力で。――頼むよ」

と、西田は頭を下げた。

　少し間があって、

「――私、クビになったんじゃないんですか？」

と、良子は言った。

「いや、それは……」

「私の代りはいくらでもいる、とおっしゃいましたよね」

「なあ、そういじめないでくれ」

と、西田は引きつったような笑顔を作ると、

「あのときはどうかしてたんだ。いや、君が怒るのも当り前だと思う。でも、〈ＭＫオケ〉のため

だ。みんな君のことを頼りにしてるんだ。――何なら、僕を引っぱたいてもいい」

「あなたを？」

良子は淡々とした口調で、「やめときます。手が痛くなるだけです」

「良子――」

「冗談です」

と言って、良子は笑顔になった。「〈炎の天使〉が成功したら、特別ボーナスを出して下さいね」

「もちろんさ！」

西田は安堵の表情になった。「よろしく頼む」

「分りました」

と、良子は肯いて、「でも、かなり費用がかかりますよ。普通の〈トラ〉と同じ料金じゃ、集まらないでしょう」

「そうか。――うん。それは考えてなかったな」

と、西田はコーヒーを飲んで、「それは僕の方で何とかする」

「岡本さんの了解を取って下さい。それがないと、声をかけられません」

「分った」

〈MKオケ〉のパトロン、岡本江美がお金を出してくれなければ、〈炎の天使〉はとても公演を打てない。

「この公演を成功させれば、〈MKオケ〉のステータスがぐっと上る。長い目で見れば、プラスになるよ」

「私に言わないで、岡本さんを説得して下さい」

「もちろんだ！　早速連絡して会うことにするよ」

「でも、〈ジルベスター〉でも無理を聞いていただいてるでしょ？　大丈夫ですか？」

「うん、まあ……」

すぐには返事のできない西田だった。

このところ、西田も忙しく、岡本江美も海外へ行っていたりして、会う機会がない。

「分った。今、電話してみる」

西田は席を立つと、パーラーの外へ出て、ケータイで岡本江美へかけた。


西田が店から出て行くと、良子の顔から笑みが消えた。そして冷ややかな目で、〈トラ〉のメモを眺めた。

——何て勝手な人だろう。

良子が責められるべきでない出来事で、良子をお払い箱にしておいて。

「君の代りはいくらでもいる」

そのひと言は、良子の心臓を鋭いメスのように切り裂いた。

そんな良子の思いを、西田はまるで分っていないのだ。

ちょっと謝って、ジョークの一つでも言えば良子は何もかも忘れてくれる。

西田はそう信じているらしい。

「誰が——誰が忘れるもんですか」

しかも良子は自殺しようとまでしたのだ。

それを、フルーツパフェ一杯で帳消しにする?

西田にとっては当り前のことなのだろう。自分は特別の才能に恵まれた人間で、周囲が自分に尽くしてくれるのは当然と思い込んでいるのだから。

だが、許せないこともある。それを思い知らせる権利を、良子は持っている、と思っていた……。

「——ああ、それじゃ明日ね。——うん、楽しみにしてるよ」

いつも通り、岡本江美を相手に、弾んだ声を出しているのが、聞こえてくる。

良子は〈トラ〉のメモをしばらくじっと眺めていたが、やがて手の中に握り潰した。

――西田は戻ってくると、

「何とかなりそうだ。機嫌が良さそうだったよ」

と、ホッとした様子で席についた。

「良かったですね」

「じゃ、〈トラ〉の手配の方、よろしく頼むよ」

「ええ、任せて下さい」

良子はそう言うと、「パフェが溶けちゃったわ。もう一つ頼んでもいいですか？」

「ああ。お安いご用だよ」

そう、私は西田にとって、「安くてすむ」女なのだ。

良子はウェイトレスを呼んで、

「チョコレートパフェをちょうだい」

と言った……。

18 乱れる

「男がいた……。さつきに、ですか?」

橋爪は、ポカンとした表情でそう言うと、ちょっと笑って、「――まさか!」

片山は、晴美と顔を見合せて、

「しかし、今お話ししたように、亡くなったときの状況を見ると、そう考えるしかないと思いますが」

「いや――さつきは風呂に入ろうとしてたんでしょう。それなら裸でいるのは当然ですよ」

と、橋爪は言った。

「しかし、普通、バスルームの中で服を脱ぐのでは? 寝室で裸になってからというのは……」

「それは……個人のくせというものでしょう。だって、家の中です。裸で歩いちゃいかんという法律はない」

「それはそうですが」

片山はため息をついて、「つまり、奥さんに、親しく付合っていた男性がいたことは知らない、というわけですね」

「ええ、全く。私たち夫婦は愛し合っていました」

片山は呆れて黙ってしまった。

橋爪は、あの洞窟での出来事のときも、女性と温泉に行っていたと認めているのだ。

「分りました。ともかく、現場はもうしばらくそのままにしておいて下さい」

と、片山は言って、玄関の方へと出た。

「――今は現実を受け止められないのよ」

と、晴美は言った。

「うん。自分は浮気していて、奥さんに恋人がいたとは認めたくないんだな」

「男なんて、そんなもんよ」

「あの……」

石津が恐る恐る口を挟んだ。

「石津さん、どうしたの？」

「娘さんの彼氏の田中って子が、何か話があるそうです」

「分った。じゃ、他の人と別の所で。――台所で話を聞こう」

「じゃ、連れて来ます」

と、石津は行きかけて、「晴美さん、男がみんな『そんなもん』じゃありません」

「――え？」

晴美は面食らって、石津が急いで行ってしまうのを見送った。

「あいつはああ見えてもデリケートなんだ。あんまりいじめるなよ」

「誰もいじめてやしないわ」

と、晴美は言い返した。「ねえ、ホームズ？」

「フニャ」

ホームズはそっぽを向いて、欠伸をした。

「それより、さっきバスルームで……」

と言いかけて、晴美は、「後で話すわ」

「何だ？」

「先にホームズと帰ってるわね。――夜食の用意がいるかもしれないから」

「ああ。――分った」

片山は首をかしげて、「晴美の奴まで、わけの分らない名探偵になって来たな」

と呟いた。

「田中です」

石津に連れられて来た、妙に礼儀正しい若者は、

「奥様のことでお話が」

「じゃ、こっちへ」

キッチンのテーブルに向うと、

「――話というのは？」

と、片山は訊いた。

「ええ。一千万円の請求書のことなんです」

片山は一瞬、聞き間違えたのかと思った。

「――今、一千万円と言った？」

「そうです」

「君は――典子さんと付合ってるんだね」

「ええ」

「その一千万円というのは……」

そこへ、

「どこに行ったの！」

と、典子が大声を出しながらやって来た。

「ここだよ。大丈夫、ちょっと刑事さんに話があって」

と、田中は言ったが、

「いやよ！　ちょっとトイレに行ってる間にいなくなるなんて！　私から離れないでって言ったじゃないの！」

「ちゃんとここにいるから――」

「話があるなら、私も聞くわ！」

典子は椅子を田中のそばへ寄せて座った。

「分った。じゃあ……君も聞いた方がいいかもしれないな」

「もちろんよ！」

典子は腕をしっかり田中の腕に絡めて言った。

何だか妙な一家だな、と片山はため息をつくと、

「じゃ、一千万円の話を」

と促した。

「一千万円？」

と、典子が目を丸くする。

すると、

「片山さん」

と石津が呼んだ。「ちょっと」

「どうした？」

片山は玄関の方へ出て行った。

「今、連絡があって、例の村山って音楽評論家ですが」

「ああ、どうした？」

「睡眠薬を大量に呑《の》んで、救急車で運ばれたそうです」

と、石津は言った。

「忙しい夜ね」

と、晴美が言った。

片山が病院に着くのと同時に、晴美とホームズがタクシーを降りるところだった。

先にアパートへ戻ろうとしていた晴美へ、片山

から連絡が入ったのである。

「夜食をとるなら、24時間営業のカレー屋さんにして」

と、晴美は言った。「それで、どうなの？」

「知るか。俺も今着いたところだ」

――あの音楽評論家、村山が睡眠薬を大量に呑んで、救急車で運ばれたのである。

「――今、胃の洗浄をしています」

と、看護師が言った。「命に別状ないでしょう」

「そうですか」

片山はホッとした。「じゃ、待っていますので、担当の先生の話を」

「分りました。そちらで少しお待ち下さい」

片山たちはフロアの奥のソファで待つことになった。

「でも、あの村山が……。意外ね」

と、晴美が首を振って、「犯人かもしれないってこと？」

「どうかな。見栄張りだと思うが、それだけ気が小さい男だろう」

「そうね。あの酒井久里子みたいに、したたかな人にはかなわないでしょ」

その酒井久里子は、片山に洞窟で過去の殺人を告白したのは村山だったと思う、と言って来たのだ。

「そのことと、村山の自殺未遂と関係が？」

「どうかな。自殺しようとしたのかもはっきりしない」

「でも、他に考えられないでしょ？」

「つまり、本当に死ぬ気だったのかどうか、ってことだ」

「それはそうね」

「そうだ。それに――」

　と、片山は言った。「お前が帰った後に、一千万円の話が……」

「一千万円？」

　片山は、橋爪典子の彼氏、田中一郎から聞いた、一千万円の請求書のことを話してやった。

「その玉井照子って人、凄いわね」

「ああ。奥さんに請求書を突きつけるってのは、大したもんだ」

「だけど……。そんなことを、どうして学生の田中が知ってるの？」

「その辺を訊く暇がなかったんだ。まあ、当面、娘があの彼氏を引き止めて離さないと思うよ」

「橋爪も知らないのかしら？」

「その女の話だと、橋爪には直接言っていたらしい。だけど今の橋爪はそんな話のできる状態じゃなかった」

「浮気しといて、奥さんを亡くすと、そんなにショックなのね。甘ったれてるわ」

　晴美の厳しい言葉に、ホームズが、

「ニャオ！」

　と、力強く賛成した。


　相沢良子は、ケータイの鳴る音で目を覚ました。

「こんな時間に……」

　と、ベッドに起き上って、「あ……。もう明るいんだ」

　と、びっくりした。

　ぐっすり眠ってしまった。――〈ＭＫオケ〉の仕事に気をつかわないですむので、安心したのかもしれない。

　ケータイは鳴り続けている。

「――はい、相沢です」

と、欠伸しながら出ると、

「良子ちゃん、聞いた？」

「え？　ああ――郁子《いくこ》さん」

「ごめん！　起こしちゃった？」

〈ＭＫオケ〉のメンバーで、オーボエを吹いている堀《ほり》井《い》郁子だ。同じ二十八歳で、気が合う。

「いいえ、もう起きるところ」

と、良子は頭を振って、「――どうかしました？」

「じゃ、まだ聞いてないのね」

「もしかして――〈炎の天使〉のことですか？　西田さん、張り切ってますよ」

「知ってるわ。でも大丈夫かな。いきなりあんな大変なオペラ。西田さん、ほとんどピットの経験ないでしょ」

「バレエの伴奏はありますけどね」

「でも、〈炎の天使〉は……。もちろん、やれたら嬉しい！　いつも名曲路線だから」

客を呼ぶには、どうしてもポピュラーな有名曲を取り上げることが多くなる。

「でも、そのことじゃないの」

と、郁子は言った。

「それじゃ……」

「評論家の村山先生」

「村山さんが？」

「自殺しようとしたって」

「え？」

とたんに眠気が飛んで行った。――もちろん、良子は村山と特別親しいわけではない。

音楽評論家は他にもいくらもいる。しかし村山は人脈を作るのが上手《うま》いそうで、音楽賞の選考などに力を持っていた。

そして、〈MKオケ〉のことを、ほとんどほめたことがない。

オケのメンバーは、みんな村山を嫌っていた。

しかし、その村山が――。

「睡眠薬を沢山《たくさん》呑んだんですって」

「じゃあ本当に……。びっくりですね！」

「ねえ、あの人が。別に心配しないけど」

と、郁子は冷たく言った。

「でも――何があったんでしょうね？」

「そうね。あの年齢で失恋ってこともないだろうし」

「もともと相手が見付かりませんよ」

「本当よ！」

二人がこき下ろしていたせいで、そのころ村山がクシャミをして意識を取り戻していた――というわけではないが……。

「で、助かったんですか？」

「命はね。でもみっともなくて、当分コンサートに来られないでしょ」

ふっと、良子は、お見舞いのお花を、と考えていた。

オケのため、というより、仕事でつながりのある人への礼儀だろう。

そして、もうどうでもいいんだわ。私はもう〈MKオケ〉と関係ないんだから、と思い出した。

「あの先生、うちのオケが、いつも有名曲ばかりやってるのを、〈お子様ランチ〉コンサート、なんて悪口言ってたよね」

と、郁子は言った。「でも、今度の〈炎の天使〉、しっかり演奏してみせたら、きっとそんな風に言わなくなると思うのね」

「そうですね……」

「うん！　絶対に村山を仰天させてみせる！」

郁子はそう言い切って、「良子ちゃん、大変だよね。西田さんは勝手なこと言うし、やたらいばってるし」

「ええ、まあ……」

「だけど、私たちが必死でやれば、それなりに答えてくれる人なの。――私より、良子ちゃんの方がよっぽど分ってるよね」

「郁子さん……」

実は〈炎の天使〉はやれないんですよ、と良子は心の中で言ったが……。

「一緒に頑張ろうね！　私、オーボエをこんなに練習したことなかった、って……」

と言いかけて、郁子はちょっと笑うと、「また叱られるわね、『音程が悪い！』って。でも、意気込みだけは買ってくれるかもしれない。ね？」

「ええ。――そうですね」

「本当に、いつも良子ちゃんには苦労かけてるよね。コンサートで、客席を眺める度に、いつも思ってるの。このお客さんの半分は良子ちゃんが頑張って集めてくれたんだな、って」

「そんなこと――」

「本当よ！　だって事実だもの。私たちだって、自分たちの実力は分ってるわ。何もしなかったら、たぶん客席の半分も入ってないでしょ。良子ちゃんが、方々の学校や会社を回って歩いてること、団体の割引きマイナスになった分を、ときどきは自分のお給料で穴埋めしてること。みんな知ってるわ。ありがとうって、心の中で手を合せてるのよ」

郁子の話を、良子は黙って聞いていた。

「そのくせ、楽屋が狭いだの、音出しする所がないだのって文句言ってね。ごめんね、良子ちゃん」

「いいえ……」

「このチャンスを何とかものにしなきゃね！　パート譜が来たら、木管だけで集まって練習しようね、って言ってるの。金管も同じらしいわよ」

「そうですか」

「できるだけ早く、パート譜がほしい。せっついてね」

「はい」

「じゃあ……。ごめんね、起こして」

「とんでもない。わざわざどうも……」――良子は手にしたケータイを、しばらく見下ろしていた。

「郁子さん……」

　そうだ。西田が良子へどんなにひどいことをしたからといって、オケのメンバーには関係のないことだ。

「でも……」

　やっぱり、あんな奴、許せない！　いざとなって、自分のしたことを後悔すればいいんだわ。

　それで恥をかいて、〈ＭＫオケ〉がやっていけなくなっても、そんなの知ったことじゃない。西田が悪いんだ。

　そう。私が後ろめたい思いをすることなんか、少しもない……。

　良子は、しばらくして、起き出すと、コーヒーをいれた。

　そして机に向うと、メモ用紙を置いて、ボールペンを手に取った。

「ええと……チェロ2名、コントラバス2名、トロンボーン……」

握りつぶして捨てたメモの中身を、すべて憶えている。

「トランペットは誰にしようかな……」

良子は頭の中のカタログを、素早くめくって行った……。


「今度はしゃぶしゃぶにしよう」

あの人はそう言ってた。

今田秋は、アパートでしゃぶしゃぶをする用意をするために、ずいぶん早くから買物に出ていた。

しゃぶしゃぶじゃ、あんまりお料理の腕とは関係ないけど、でもあの人が喜んでくれるのなら、それでいい。

「ええと……後は肝心のお肉ね」

スーパーでなく、お肉屋さんがいい。パックしたお肉は、見える所はいい肉だけど開けてみると、中は脂ばかりだったりする。

もちろん少し高いけど、いいお肉を、この目で確かめて買おう。

指揮なんかする人は、たっぷりエネルギーを使うから、西田はよく食べる。そして、秋のアパートで、二人きりで向い合って食べていると本当に楽しそうだ。

高級なフランス料理とか、ちょくちょく食べに行っているようだが、

「味なんか、ちっとも分らないよ」

と、苦笑いしている。

要は仕事——オーケストラのために、出資してもらわなくてはならないので、付合っている。

「それだけだよ」

と、言っているが、秋も知っている。

ぜいたくな食事をごちそうになるだけではない

ことを。

岡本江美。――その人がお金を出してくれなかったら、彼のオーケストラはやっていけない。

西田が岡本江美の愛人だということを、秋は知っているのだ。――西田から直接には聞いていないが、業界の話は、自然秋の耳にも届く。

でも、仕方ない。オーケストラは西田にとって何より大事なものだから。

「――ええ、そのところをしゃぶしゃぶ用に三百――いえ、四百グラム」

と、しっかり肉を見て注文する。

「――これでいいわ」

口に出して言うと、アパートへの帰り道を辿る。

今夜は八時ごろになると言ってた。余裕は充分にある。

風の冷たさも気にならなかった。

二人で鍋を楽しんで、それから……。もう今から体が熱くなるようだ。

今夜は泊って行ってくれる。そのはずだ。

アパートが見えて来て、足取りが速くなると――不意に車が一台、行手を遮るように停った。

ドアが中から開くと、

「乗って」

と、女の声がした。「西田さんのことで話があるの」

「あの――」

「今田秋さん。あなたのことは何でも知ってるわ。私は岡本江美」

「え……」

「海外出張と聞いてたでしょ？　一日早く戻ったの。乗って」

拒むことはできなかった。

ゆったりとした座席の大きな車は、静かに走り出した。

「――ずいぶん色々買ったのね」

岡本江美は、買物袋を覗いて、「しゃぶしゃぶね？　でも、むだになる。悪いけどね」

と言った。

「いえ……。承知してますから。あなたのこと」

「どう聞いてても、関係ない。あなたのアパートは今日で解約されてる」

「え？」

「あなた自身の物なんて、大してないでしょ？　買ってもらった物は後で処分する。荷物をまとめて、今夜中に出て行って」

「でも……」

「あなたに選ぶ権利なんかないの。言われた通りにするしかない。分った？」

しかし、秋もすぐに肯くことはできなかった。

私は愛されている、という思いがある。

「――出て行けとおっしゃるなら、出て行きます」

秋は、声を震わせながら言った。「でも、西田さんと別れることは……。西田さんから直接別れてくれと言われない限り、できません！」

精一杯の抵抗だった。

「そう」

と、江美は言った。「それじゃ、〈ＭＫオーケストラ〉への援助は打ち切るわ」

「そんな……」

「オーケストラは解散。西田はただの失業者になる。あなたのせいでね。それでも、彼はあなたを愛してくれると思う？」

「卑怯《ひきょう》です！　そんな――」

と言いかけた秋の顔を、江美は平手で打った。

秋は、痛みよりも、そこにこめられた力に、驚いた。

この人は——西田を本気で好きなのだ。

「お金ですか」

と、秋は言った。

「何よ？」

「お金でしか、私に勝てないんですね。そうでしょう」

秋の言葉は、江美にとって、思ってもみないものだった。

すぐには言い返すことができなかった。

「彼に電話します」

と、秋はポケットからケータイを取り出した。

「そして訊いてみます。私とあなたと、どっちを愛してるのか、って」

秋がケータイから発信するのを、江美はじっと見つめていた。

呼出音が聞こえる。——秋に、江美を恐れる気持はもうなかった。

この人の方が、私を恐れてるんだわ。この、何も持っていない私を。

「もしもし」

西田が出た。

その瞬間、江美は手を伸して、ドアのロックを外すと、ドアを押し開け、秋を車から突き落とした。

19　プライド

「いや、もうしっかり意識は戻っているはずですがね」

心外、という様子で担当医が言った。

「そうですか」

片山は肯いて、「じゃ、もう一度話してみましょう」

「ちゃんと病院食だって食べてるんですから」

「分りました」

医師が行ってしまうと、晴美が、

「ホームズに引っかかせてやろうか」

と言った。「図々《ずうずう》しい奴！」

「全くだな」

片山たちは、睡眠薬を大量に呑んだ村山の入院している病院へやって来ていた。

「意識が戻った」

と聞いて、もう三日間通って来ているのだが、村山は何を訊いても、ボーッとして天井を眺めているばかり。

「今日は何とかしゃべらせてやる」

と、意気込んでみたものの、いざとなると「大丈夫かな？」と心配になってしまう。

警察の取り調べは、ともすれば乱暴になりがちだ。片山の先輩刑事には、

「傷つけないように痛い目にあわせる手があるんだ」

などと自慢げに言う人もある。

しかし、片山は警官が暴力を振《ふる》ったら、人を傷つけ、乱暴した犯人と同列の人間になってしまう、と思っている。自白は、動かぬ証拠を目の前に突きつけてやれば引き出せるのだ。

そのために、刑事は懸命に捜査活動をするのである。


「じゃ、行くか」

と、片山が行きかけると、

「ニャー」

「ホームズ、何してるの？」

と、晴美が言った。

ホームズが休憩所のソファに広げてあった新聞の上に座り込んでいる。猫のありがちな光景である。

「ホームズ、行くわよ」

と促《うなが》しても、

「ニャー」

と鳴いて動かない。

「どうしたの？」

晴美がその新聞を覗き込んだが……。

「村山さん、どうです、気分は？」

と、片山は穏やかに声をかけた。

村山は、いつも通り、天井をじっと見上げて、まるで聞こえていないという様子だ。

「まだ頭がボーッとしてるんですか?」

と、片山が訊くと、さすがに「聞こえないふり」がそろそろ通用しないと思ったのか、ゆっくりと片山を見て、

「――どなたでしたっけ?」

と、目をショボショボさせている。

「片山刑事です」

「ああ……。どこかでお会いしたことがあるような……」

と、力のない声を出す。「どうも……何もはっきり思い出せないんですよ……」

「それはお気の毒に」

「いや、全く、情けないですな」

「どんな仕事をしてたか、忘れてます?」

と、晴美が言った。

「たぶん……何か音楽に関する仕事だったような気がしますが……」

「じゃ、音楽の話題を聞くと、色々思い出されるかもしれませんね」

晴美は手にしていた新聞をガサガサと広げると、

「――そうそう。あなたがいつも書いていた〈音楽会評〉がちょうど載ってますよ。〈奇跡のピアニスト！　次代を担う天才！〉ですって。評者は〈B．K〉さん。〈この若き天才ピアニスト〈S〉は、これまで不当に低い評価を受けて来た。それはこれまでの本欄の評君である〈T．M〉さんが、個人的に恨みを持って、常に偏見に満ちた評を書いていたからである。しかし、私は断言する。〈S〉こそがこれからのクラシック界を支える太

い柱の一本になることは間違いない。今夜の聴衆の喝采《かっさい》を聞けば、〈T．M〉さんも己れのあやまちを認めないわけにいかないだろう。幸い、〈T．M〉さんは病《やま》いに倒れて、もはや評論家としては活動できないと聞く。これは日本のクラシック界にとってこの上ない朗報であり……〉」

「ふざけるな！」

村山が顔を真赤にして、爆発するように怒鳴った。

そして、ベッドに起き上ると、晴美の手から新聞を奪い取って、ビリビリに破いたのである。それも、二度も三度も。

細かくちぎった新聞紙を投げ捨てると、「誰があんな奴！　俺の言ってることが正しいんだ！〈S〉なんか素人に毛の生えたしろものだ！　俺の耳に間違いはない！」

村山は怒鳴ってから肩で大きく息を吐いた。

「――お気の毒です」

と、晴美が言った。「この新聞では、もうあなたに音楽会評は頼まないことにしたそうですよ」

「そんなはずはない！　社長は俺の友人なんだ。いつだって俺を歓迎すると……」

「社交辞令ですよ。評論家は世代交代させるって、紙面で語ってます」

と、片山は言った。「ところで村山さん、すっかりお元気になったようなので、質問に答えて下さいね」

「私は……音楽界には貢献して来たんだ……」

と、村山はまだブツブツ言っていたが、「――君らは私を軽蔑してるんだろう」

と、ふくれっつらになる。

「ちゃんと答えていただかないと、この三毛猫にも馬鹿にされますよ」

「フニャ」

ホームズが、村山のベッドにフワリと飛び上って、ジロッとにらんだ……。

「――分ったよ」

と、村山は投げやりな調子で、「死のうと思ってたんだ。放っといてくれりゃ良かった」

「ちゃんと本当のことを話してからにして下さい」

「本当のこと？」

「どうして死のうとしたんですか？　あの洞窟の中で、過去の殺人を告白したのはあなたで、それを聞かれたと思って、仲間千枝さんと小泉昭夫さんを殺したんですか？」

片山の言葉に、村山は、

「待ってくれ！　そんなに何でもかんでも私に押し付ける気か」

と、あわてて言った。「私じゃない！　私は……人殺しなんかじゃない」

「じゃ、どうして死のうとしたんです？」

「脅迫されたんだ」

「脅迫？　誰にですか？」

「知らん。ともかく――これが知れたら、私は終りだ」

「もう終ってますよ」

と、晴美が冷たく言った。

「――評論家として、やってはならんことをしてしまった」

と、村山は言った。

「というと？」

「五年前だ。――K市主催の〈ピアノコンクール〉で、私は審査委員長だった。K市の市長と個

人的に親しかったんだ」

「そのコンクールで、何が？」

「市長から頼まれていた。地元出身のピアニストを優勝させてくれと」

「そんなことが……」

「もちろん、腕がなきゃ、とても無理だ。幸いその娘は本選まで進んだ。——ライバルはこの年が年齢的に最後のチャンスという女性だった……」

「そのライバルに何かしたんですね？」

「ホテルの彼女の部屋に、夜訪ねて行って、ワインを飲んだ。——彼女のグラスに睡眠薬を入れて……。翌朝、彼女は覚め切っていない状態で出場した。もちろん、ひどい演奏になって……。演奏が終ったとたん、彼女は舞台から駆け出して行った。そして——海に身を投げて死んだ」

「ひどい……」

「知らなかったんだが、彼女は私を怪しいと思って、ホテルの部屋に書き置きと、ワインの残りを置いていた。——誰かが、それを隠して持っていたんだ」

「それで脅迫を？　自業自得ですよ」

と、片山は言った……。

「どう思う？」

村山の病室を出て、晴美が言った。

「ニャー」

「ホームズに訊いたのか？」

「どっちでも」

「そういう事実があったのかどうか、当ってみる必要があるな」

「調べれば簡単に分るでしょ」

「そうだな」

片山は肯いて、「洞窟での話を知らないことにするためにでっち上げたのかもしれない」

「でも、もう評論家としておしまい、っていうのは事実でしょ」

「さっきの新聞の評は、ずいぶんひどいことが書いてあったな」

「え？　ああ、私が適当に脚色したのよ。村山がカッカするように」

「何だ、そうか」

「ニャオ」

「橋爪の方はどうなの？」

「うん、今日これから話を聞くことになってる。ただ、その前に、娘の典子の彼氏と会うんだ」

「興味あるわね」

「だけど、それが……」

と、片山はちょっと息をついた。

「どうしたの？」

「典子がぴったりくっついて離れないんだ。田中一郎だけに話を聞きたいんだけど……」

「父親も娘も、妙な家ね。それに一千万円要求してるって女も……」

「玉井照子だな。電話で話しただけだが、凄い剣《けん》幕《まく》で、『一千万円ぐらい当り前でしょ！』って怒鳴って切っちまった」

と、片山は言った。「ともかく〈H工機〉へ行って、橋爪と玉井照子に会うよ」

片山のケータイが鳴った。

「――もしもし？　――ああ、片山です。何か……」

片山は足を止めて、「確かですか？　――分りました」

「どうしたの？」

「あの子だ。指揮者の西田の恋人、今田秋って子だよ」

「あのときの旅館の子でしょ？」

「狙われてるかもしれないってことで、巡回を頼んでおいたんだが、いつの間にか、彼女のアパートが空になってたって」

「空に？」

「アパートが解約されてるっていうんだ。妙だな」

「行ってみましょう。時間あるでしょ？」

「うん。——ちょっと心配だ。西田が何か知ってるかも……」

ともかく片山は、今田秋のアパートへと向うことにした。

20 空室

アパートの玄関のドアは細く開いていた。

片山は、

「誰かいるか？」

と、声をかけながらドアを開けた。

「誰だ？」

と、部屋の中で振り向いたのは、西田だった。

「ああ……。刑事さん」

と、西田は言って、

「ここ……どうしちゃったんだろう？」

片山も、玄関を上ったものの、ひと目で分った。

何しろ部屋は空っぽだったのだ。

「今田秋さんは出て行ったの？」

と、晴美が言った。

「そんなはずは……。何も聞いてないですよ」

西田も、ただ呆然としている。

「ここへ来たのは？」

と、片山は訊いた。

「何日ぶりかな……。このところ忙しく、なかなか……」

「彼女と連絡は？」

「ええと……。三、四日前かな。ここで食事するつもりだったけど、リハが延びて無理になった。それをメールして……」

「その返事は？」

「なかったんですよ。しゃぶしゃぶにするって張り切ってたんで、怒ってるのかな、と思って……。そう、一度ケータイにかかって来たけど、すぐ切れちゃって、それきりつながらなくて」

「アパートは解約されてるそうだよ」

「そんな……。どうして彼女が……」

「秋さんの連絡先は知らない？」

「身寄りのない子でね。あの旅館を出て来て、もうどこにも行く所がないと言ってた……」

「それにしても……」

晴美は、部屋の押入れや戸棚、浴室などを覗いて回ると、「みごとに何もないわね」

「これは普通じゃないな」

と、片山は言った。

アパートの他の部屋の住人に訊いても、何も分らなかった。

「何だか荷物を運び出してるな、と思ったけど……」

という程度でしかなく、アパートを借りた不動産屋でも、

「引越し屋さんじゃないですかね。作業服の人が、急に出ることになったからって、家賃を二か月分払って行きました。ただ、鍵を失《な》くしたと言って……」

詳しい話を聞く間もなかったという。

「わけが分らない」

片山たちと一緒に話を聞いて回った西田は、ぐったり疲れた様子で言った。

西田のケータイが鳴って、

「――ああ、そうだった！　ごめん、すぐ向うから」

と、早口に言うと、「打合せがあるのを忘れてました。すみませんが……」

と、タクシーを拾って、行ってしまった。

「――かなり動揺してるわね」

と、晴美が言った。

「心配だな。ともかく誰かがあの今田秋を邪魔だと思ってたのは確かだ」

片山は石津へ連絡して、身許不明の死体が出ていないか、調べるように言った。

「殺されたかも？」

「思い過しならいいんだが」

と、片山は言った。「じゃ、俺は〈H工機〉に行ってくる」

「私とホームズは、一旦帰ってるわ」

晴美が片山が地下鉄の駅へ下りて行くのを見送って、

「さ？　何か夕飯のおかずを買って帰りましょうか」

とホームズへ話しかけると、

「あの……すみません」

と、声をかけて来たのは、不動産屋の女性事務員だった。

かなり昔風の事務服を着ている。

「ああ、先ほどの――」

「今、おつかいに出て来たんですけど、さっきの引越しの話、あれ、嘘です」

「というと？」

「引越しの業者だけじゃなくて、付いて来た人がいたんです。背広にネクタイでした。その人が、担当の者に、『住んでた女性が突然越して行ったということにしてくれ』って。そして、『何か訊かれても、分りませんと答えといてくれ』って言って、お金を」

「つかませてた？」

「ええ。チラッとしか見えませんでしたけど、五万円くらいはあったと思います」

「目がいいのね」

と、晴美は感心した。

「だって、後でもらったお金を、ニヤニヤしながら数えてたんですもの」

　晴美は思わず笑ってしまった。

「よほどこづかいが乏しいのね」

「いつも、お昼食べに出る度にブツブツ言ってます」

「ありがとう。兄に伝えるわ」

「あれ、お兄さんなんですか？」

「背の高い、なで肩の方がね」

「すてきな人ですよね」

「それも伝えるわ」

「それで――」

と、ケータイを取り出して、「私、その背広の人、撮っといたんです。何だか怪しいなと思って」

「ありがとう！　私のケータイに送って」

「はい」

　彼女は、その場で写真を晴美のケータイに送って、

「じゃ、失礼します」

と、足早に行ってしまった。

ああいう「雑用係」のような女性こそ、大切にしないとね、と晴美は思った。

「おい！　シンガポールとの話はどうなってるんだ！」

いきなり怒声が飛んで来て、片山はびっくりした。

〈H工機〉のオフィスを訪ねて、橋爪の部署へ案内されたところだった。

席から立ち上って、部下を怒鳴りつけているのは、橋爪治当人だった。

怒鳴られた若い男性社員は、

「ええと……向うからの返事待ちです」

と、こわごわの様子で答えた。

「いつまで待ってる気だ！　返事がなきゃ、来るまで何十回でも電話しろ！」

と、橋爪は怒鳴った。

「でも……部長が、この件は急がなくていいとおっしゃったので……」

「一年でも二年でも待てと言ったか？　放っといたら、向うはいくらでも延ばしてくるんだ。急がなくても、いつになるのか、毎日せっついてやるんだ！」

「はい！　すみません！」

橋爪は、

「全く、やる気があるのか、一体……」

と、聞こえよがしに言ってから、片山に気付くと、「ああ、刑事さん。すみません、みっともないところをお見せして」

「いえ、別に……。ちょっとお話を――」

「分ってます。おい、誰か片山刑事さんを応接室へお通ししてくれ。すぐ行きますので」

「分りました。それから……」

「承知しています。例の件ですね。一緒に呼びますから」

「よろしく……」

片山を応接室へと案内してくれた女性は、

「橋爪部長、奥様を殺されたんですよね」

と、片山に訊いた。

「ええ」

「何だか、突然張り切って仕事を――。人が変ったみたいで、みんながびっくりしています」

と、応接室のドアを開けて、「どうぞ、こちらで」

「どうも」

「コーヒーでよろしいですか?」

「え……。まあ、それで……」

「じゃ、お持ちしますので」

応接室で一人になると、片山は息をついた。

妻の死にショックを受けて呆然としていた橋爪だったが……。

しかし、ある意味、仕事に打ち込んで、ショックから立ち直ろうとすることはあり得るという気がした。

ドアが勢いよく開いて、

「やあ！　お待たせして失礼！」

と、橋爪が入って来た。「いや、上の人間が一日二日いないだけで、まるで仕事が進まない。全く困ったもんです！」

「橋爪さん――」

「久しぶりに、仕事をした、って実感を味わいましたよ！　仕事に我を忘れるっていうのはいい気持ですな」

「それで、奥様のことですが――」

「おっしゃる通りです！　あの状況からみて、さつきには男がいた。私も認めざるを得ません」

「それが誰だったか――」

「見当もつきません。ご承知の通り、私には何人も女がいました。さつきには全く構ってやらなかった。――悪いことをしたと思っています」

　と、橋爪は真顔で言った。「死んでしまったさつきに詫《わ》びることはできませんが」

「それで、一千万円の請求を――」

「玉井照子ですね。ここへ呼んでありますが……」

　コーヒーを運んで来た女性に、「竹下君、玉井君を呼んでくれたね？」

「はい、伝えてあります」

「もう一度、声をかけてくれないか」

「分りました」

　竹下百合が一礼して、ドアを開けると――、

「あ、玉井さん、ちょうど今――」

　と言いかけて、「キャーッ！」

　と、悲鳴を上げた。

「どうした？」

　と、橋爪が訊く。

「玉井さん！　――そんな！」

　竹下百合がドアの所から後ずさって来ると、よろけてテーブルの上に倒れ込んだ。コーヒーカップが引っくり返って、コーヒーが飛び散る。

　そして――ドアの所に、玉井照子が立っていた。大きく目を見開いて、その胸は血に染っていた。

　片山は、コーヒーがズボンにかかって、立ち上っていた。玉井照子が応接室の中へ一歩、二歩進

んでくる。そして、倒れていた竹下百合の上に、覆いかぶさるようにドッと倒れた。

「助けて！」

竹下百合が必死に玉井照子の体を押し戻すが、とても動かない。

片山はやっと驚きから立ち直って、玉井照子の体を抱きつくようにして抱えると、ズルズルと床へ横たえるに任せた。

「部長さん！」

血を浴びて、竹下百合は血まみれの顔で橋爪の腕にしがみついた。

「大丈夫か！　玉井君は……」

片山は、玉井照子の体を床で仰向《あおむ》けにすると、血がなお流れ出す胸に耳を当てた。

「——もう無理です」

片山も血だらけになって、ともかく何度か深呼吸すると、手についた血をズボンにこすりつけ、ケータイを取り出した。

「——何てことだ」

橋爪が目の前の惨劇《さんげき》が信じられないように、目を見開いて呟いた。

片山は動揺しながらも、何とか連絡をつけて、応援を呼ぶと、

「廊下に誰か」

と、ドアを大きく開けて廊下へ出た。

たまたま書類を抱えてやって来た女性社員が、凍りついたように立ちすくんで、それから、気を失って引っくり返った……。

「お兄さん」

晴美が応接室に顔を出した。

「やあ、すまん」

と、片山は言った。「石津は？」

「一緒に来たわ。——現場はここじゃないのね？」

「隣の応接室だ。ここは三つ応接室が並んでる。一番手前のが現場だ」

晴美が大きな紙袋を渡す。——片山の着替えが入っているのである。

刺されて竹下百合の上に覆いかぶさるように倒れた玉井照子の体を抱き起こして床に寝かせたので、片山も血まみれになっていたのだ。

「よく失神しなかったわね」

と、晴美が感心して言うと、

「ニャー」

「何だ、ホームズも来てたのか」

「ここで着替えて。私、ドアの外に立ってるから」

「分ったよ」

——今からでも（？）気絶したかった片山ではあるが、そうもいかない。

ともかく目の前で殺人が起ったのだ。刑事として、気絶してはいられない……。

「鑑識の人たちも着いてるわ」

と、晴美がドアの外から言った。

「ちょっと待ってくれ……」

晴美の持って来てくれた服に替えると、片山は応接室を出た。

「片山さん！　大変でしたね。気絶しませんでしたか？」

石津に訊かれて、

「晴美にも感心されたぞ」

と、片山は言った。

「現場、見ました。凄いことになっていますね」

「うん……。見たくはないけど、そうもいかないしな」

現場になった応接室はドアが大きく開いて、鑑識の面々が出入りしている。

片山は入口で立ちすくんでしまった。

片山が床に横たえたときのまま、絶命している玉井照子。そしてテーブルの上は、血とこぼれたコーヒーが入り混った状態になっている。

「鋭い刃物だね」

と、検視官が言った。「もちろん、分ってるだろうけど」

「でも凶器はここになかった……」

と、片山が首を振って、「廊下で刺されたとして、犯人はどこへ逃げたんだろう?」

「この廊下は受付の方へ続いてるだけなの?」

と、晴美が訊いた。

「さあ、どうだろう」

「だめね！　しっかり調べてよ」

「ニャー」

「お前まで俺を責めるのか」

片山は、受付の女性に、廊下の先がどうなっているのか訊いてみた。

「この廊下はグルッとフロアを一周してるんです。ずっと行けば元の所へ出ます」

「ありがとう。——じゃ、行ってみよう」

片山たちは廊下を奥へと辿って行った。

「ニャー」

一緒に足下を歩きながら、ホームズが鳴いた。

「分ってるよ。犯人だって、返り血を浴びてるんじゃないか?　しかし、廊下に血痕はないな」

「じゃ、受付の方へ逃げたってこと?　それなら誰かが見てるわね」

「うん……」

片山は廊下を左へ曲った。左右にオフィスがある。誰かが通れば目につくだろう。

「怪しい人間ならね」

と、晴美は言った。

「分ってる。犯人がここの社員なら、ここを通っても、誰も特に注意していなかっただろうな」

「お兄さん」

と、晴美が足を止めた。

右手のオフィスの途中に、〈非常口〉があった。

「ここから出たとも考えられるな。――石津、このドアの指紋を採らせてくれ」

「分りました！」

と、石津が駆けて行く。

「そうそう」

晴美が思い出して、「お兄さんと別れた後でね……」

今田秋のアパートの問題である。

「じゃ、あの不動産業者の男が嘘をついてたのか？」

「そういうこと」

「今田秋が無事だといいけどな」

と、片山は首を振った。「ただひたすら西田に恋してるんだ。可哀そうに」

「石津さんが調べたんでしょ？」

「ああ。今田秋らしい死体は出ていないようだ」

「でも、アパートを自分で引き払ったわけじゃなさそうね」

「そうだな」

石津が鑑識の人間を連れて来た。

〈非常口〉のドアと、その周辺の指紋を採ったが、

「最近の指紋じゃないでしょう、これは」

と言った。

「そうか。一応取っといてくれ」

と、片山は言ってから、〈非常口〉のドアから出てみた。

ビルの内階段で、静かだ。

片山は階段を上って、二階上まで上ってみたが、何もなかった。

「――やれやれ」

戻ってひと息つくと、「石津、関係者の話を聞いておいてくれ」

「片山さんは?」

「田中一郎って大学生に会うことになってるんだ。殺された橋爪さつきと、メールや通話のやりとりがあった」

正直、あの凄惨な現場をいつまでも見ていたくなかったのである……。

21　会合

「とんでもない！」

と、田中一郎は即座に否定した。「奥さんとの間には、何もありませんでしたよ」

「当り前よ！」

と、橋爪典子は、しっかり田中と腕を絡めて言った。「冗談じゃないわ！　一郎とお母さんの間に何かあったなんて、あり得ない」

橋爪の家の居間で、片山は話を聞いていた。

とはいえ、典子が田中にくっついている。

田中だけとじっくり話したいのだが、そう言うと、典子が、

「どうして私がいちゃいけないの？　私は一郎がいなきゃ生きていけないのよ！」

と、ほとんど絶叫寸前の声を出す。「それとも、私を一人にして、その間に私が殺されたらどうしてくれるの？　殺されても生き返らせてくれ

る?」

そう無茶を言われては、片山もお手上げだった。

すると田中が、

「ねえ、刑事さんにお茶ぐらい出さなくちゃ」

と、典子に言ったのである。

「――そうね。じゃ、一緒に台所で仕度しましょ」

と、典子は田中の腕を引張って立って行った。

数分後、紅茶が運ばれて来て、三人は仲良く(?)ティータイムとなったのだが……。

十分後には、典子がぐっすり眠ってしまったのだ。片山がびっくりしていると、

「紅茶をいれるとき、彼女のティーカップに睡眠薬を入れたんです」

と、田中が言った。「すみません。こうでもしないと、本当のところをお話しできないので」

「助かるよ」

と、片山は言った。「で、橋爪さつきさんとは……」

「そんな――男女の関係はありませんでした」

と、田中が急いで言った。「ただ、毎月、給料をもらってたんです」

「それは何の報酬で?」

「典子さんを監視するのが仕事でした」

「監視?」

「典子さんが、毎日どこへ行って、どこで食事して、誰と遊んでいるか。ともかくどんな細かいことでも報告するように言われてました」

「男女の付合いも? でも、君が恋人だったんだろ?」

「ええ。ですから、僕が典子さんに飽きられて振られると困るので、デイトにかかる費用は全部、

さつきさんが持ってくれていました。これからはそうもいかないでしょうが」

「それで、さつきさんのケータイに、やたらと君とのメールのやりとりが多く入ってたんだね」

「そうなんです。でも、彼女の前でそんな話、できないですよね。僕とホテルに行ったりしても、いちいち報告してたんで、そんなことが分ったら、典子さんがどう思うか……」

「分るね」

と、片山が肯いた。「しかし、どうしてさつきさんは、そこまで娘の生活に干渉したかったんだろう?」

「はっきりとは言ってませんでしたが、たぶん、ご主人のことで、何かと苦労していたと思うので……」

「娘が悪い男に引っかからないように、ってわけか」

「そんなところだったと思います」

「さつきさんは男と会っていた。君はその相手について、何か知らないか?」

「それは分りません。――男がいたなんて、ちょっと意外でした」

「それじゃ、さつきさんを殺した人間についても、思い当ることはない?」

「さっぱりです」

と、田中は肩をすくめた。「典子さんにとっちゃ、母親の死はショックでしょう。何とか支えてあげたいと思ってます」

と、田中は言った。

「そうだね。――ところで、今日、橋爪さんの会社で、またとんでもない事件があってね」

玉井照子が殺されたと聞くと、田中は愕然とし

て、

「本当ですか？　あの女が？」

「君は玉井照子を知ってたんだな」

「さつきさんと食事してるところへ、一千万円の請求書を持って来たと話しましたよね」

　と、田中は肯いて、「さつきさんに、その後、頼まれたんです。あの女のことを調べてくれって」

「それで何か分ったことがあった？」

「いえ、あの通りの女だというか……。ともかく、橋爪さんがうまく引っかけられたんですよ」

「確かに。――玉井照子の死は、誰よりも橋爪さんにとって好都合だったな」

「そうですね。でも、橋爪さんが殺したわけじゃ……」

「それは無理だよ。僕は応接室の中で、橋爪さんと一緒だった」

「でも――」

　と、田中は眠り込んでいる典子へ目をやって、

「彼女も可哀そうです。もちろん力になってあげようとは思ってますが」

　そして、田中は、

「僕、本当は典子さんのこと、ちっとも好きじゃないんですよね」

　と、当り前の口調で言った。


「何よ、それ？」

　片山の話を聞いた晴美が、呆れたように言った。

「要するに、田中は、橋爪さつきから毎月結構な金をもらっていて、いいアルバイトのつもりで、娘の恋人をやってたってわけだ」

「じゃ、もう払ってもらえなくなると……」

「父親の方と交渉してみる、と言ってた。娘の監視をするということでね」

「金次第ってことね？　冷たい奴！」

「今どきの大学生なのかな」

　と、片山は言った。

　――田中と話して、片山はまた〈Ｈ工機〉に戻って来ていた。

　ともかく現場をよく調べるだけでも、時間がかかる。

「そうそう」

　晴美がケータイを取り出して、「例の、今田秋のアパートを解約した連中の一人、不動産屋に金をつかませた男よ。撮っといてくれたの」

　写真の男を片山はしばらく眺めていたが――。

「どこかで見たことがあるような気がするな」

「しっかりしてよ。刑事は人の顔を憶えるのが仕事でしょ」

「無茶言うな。何しろ考えなきゃいけないことがいくらもあるんだ」

　応接室からは、玉井照子の死体がもう運び出されていた。

「ニャー」

　ホームズがスタスタと廊下を歩いて行く。

「何かあるのか？」

　と、片山はついて行った。

「ホームズが頼りなのね」

　と、晴美も片山の後をついて行く。

「猫の手も借りたい、って言うだろ」

「ちょっと状況が違うんじゃない？」

　一番奥の応接室のドアの前で足を止めると、ホームズは、片山の方を振り返った。

「この中に何かあるのか？」

片山がドアを開けると――中は真暗だった。明りを点けたが、別に変ったところはない。

「この応接室は窓がないのね」

と、晴美が言った。「他の二つは窓があったけど」

「ビルの造りで、こうなってるんだろ。――ここがどうしたんだ?」

と、片山が声をかけると、ホームズは、明りのスイッチの方へ目をやった。

「明りを消したら? ドアを閉めて」

「そしたら真暗だぞ」

片山はドアを閉めて明りを消した。

ドアの下の隙間から、わずかに廊下の明るさが洩れてくるが、ほぼ何も見えない暗闇だ。

「ニャー」

と、ホームズが言った。

「――そうね。そもそもの始まりは、暗闇に閉ざされた洞窟からでしょ。そこに鍵があるってことじゃない?」

「ニャー」

「そんなこと分ってるけど……」

と、片山は言って、「うん、そうか。――橋爪さつき、玉井照子、桂木……。それぞれが、洞窟での出来事から派生した事件だとすると……」

「本来の殺人は、仲間千枝さんと小泉昭夫さんだわ。だから、あの七人の中の、生き残っている五人のことを、もっと調べた方がいいんだわ」

「しかし――」

と片山が言いかけたとき、ドアが開いて、

「や、失礼!」

と言ったのは橋爪だった。「こんな暗い所で何してるんです?」

「暗いと、集中できるんですよ」

と、片山は言い訳した。

「なるほど。でも、あの洞窟じゃ、集中どころじゃなかったですね。何しろ呼吸が苦しくなったくらいですから」

と、橋爪が言った。「それで——オフィスが、ともかく落ちつかないんです」

それはそうだろう。オフィスの中で殺人事件が起るなんて、そうざらにあるものじゃない。

「すみませんが、みんなの不安を鎮める意味でも、刑事さんから、もう心配することはない、ってひと言、話していただけませんか」

「僕がですか?」

片山は目を丸くした。「しかし、刑事として、発言が公式見解と思われると……」

「いや、そんな難しいことじゃなくていいんです。『もう何も心配することはありません』とひと言、言って下されば。それでみんな安心して仕事に戻れます」

「そうですか……」

そこまで言われたら仕方ない。

片山は、

「分りました」

と答えて、応接室を出た。

いっそ、さっきみたいに真暗だったら、平気で話ができるのに、と思った。

みんなに見られていると思うだけで、緊張してしまうのだ。

暗ければ……。

あの洞窟の中みたいに、お互いが見えていない、暗闇の中だったら、言いにくいことも口に出せる。

あの「過去の殺人」を告白した誰かも、暗がりの中だから、話してしまったのかもしれない。

片山は足を止めて、

「そうか」

と呟いた。

「お兄さん、どうしたの?」

「お前、知らないか?」

「何を?」

「どこか、真暗にするのにぴったりの場所を」

——晴美は、やはり片山が血だらけになったショックから、まだ立ち直れずにいるのかもしれないと思った。


「どうしたの?」

と、岡本江美が言った。「落ちつかないのね、今夜は」

「ああ、別にそういうわけじゃ……」

と、ベッドの中で西田雄一は言った。「今度の公演のことが気になってね」

それでも、強気のところを見せようと、

「色々アイデアが浮んでくるんだ! オペラを振るのは、めったにない機会だからね。何としても成功させないと」

「頼もしいわね」

と、江美は微笑んで、「〈炎の天使〉だっけ? 珍しいオペラよね」

「だからこそ、力が試される。これが、〈椿姫《つばきひめ》〉だの〈カルメン〉なんかだったら、演目の人気で人が来るかもしれないけど……」

「前評判はどうなの?」

「まずまずらしいよ。主役のソプラノが、凄くやる気を出してるそうで、演出家が感心してたよ。こんなこと、珍しいって」

「じゃ、期待できるわね」

「うん。きっといい舞台になるよ」

――どうしても強気にならざるを得ない。

それはそうだ。外部に向けて、

「チケットの売れ行きが今ひとつなんだ」

とか、

「ソプラノと演出家が衝突して、プランがまとまらないんだ」

などと言えるわけがない。

ことに、今回のオペラにはスポンサー企業がいくつもついている。――しかし、オペラの上演には常にリスクがつきものだ。当日になって、主役が病気になることだってある。もちろん代役は用意されているが。

しかし、指揮者が、そんな不安を感じさせてはいけない。本番の舞台上で、たとえヒロインがドレスの裾を踏んで転んでも、何ごともなかったように指揮を続けなければならないのだ。

ことに、岡本江美は〈ＭＫオケ〉のパトロンであり、今度のオペラにも出資してくれているのである。弱気なところなど見せられない。

「他には心配ごと、ないの？」

と、江美が訊いた。「プライベートなことで、とか」

「万事うまく行ってるよ」

と、西田はそう言って、江美にキスした。

もちろん、江美には分っている。西田がなぜ落ちつかないのか。

恋人の今田秋がどこに行ったか、分らないのだ。

「来年は……」

と、江美が言いかけて、

「――どうしたの？」

と、西田は訊いた。

「いいえ、来年はどうなってるかと思ってね」

「変らないと思うよ」

「そんなことないわ」

と、江美は少し強い口調で、「人は成長する。それは変るってことだわ」

「まあね……。でも変るとしたら何が……」

「私たちのこととか……」

西田はギクリとして、

「そんなこと――」

「心配しないで。まだ当分は生きてるつもりよ」

「当り前だよ」

「いいえ、当り前じゃないわ。人間、いつどうなるか……。もし私が倒れたら、〈ＭＫオケ〉はどうなるの？」

「さあ……。そこまでは」

と、西田が口ごもった。

「しっかりしてよ！」

と、江美はいつになく叱りつけるような口調で、

「あなた、〈ＭＫオケ〉のトップなんでしょ。いつ、どんなことが起っても、対応できるっていう自信を持たなくちゃ。オケのメンバーがついて来ないわよ」

西田は面食らっていたが、

「うん。――ちゃんと考えるようにするよ」

と言って、「珍しいな。江美さんに叱られるなんて」

「叱ってるんじゃない。心配してるのよ」

「いや、いいんだよ。叱ってくれて」

と、西田は息をついて、天井へ目をやると、

「思えば、ずっと江美さんに甘えて来た。でも、ちゃんと自分たちが成長するようにならなくちゃ

ね」

「そうね……」

江美は、西田に軽くキスすると、「私はあなたの二十一歳年上。今はまだこうして一緒に寝てられるけど、あと何年かしたら、私にもそんな気が失くなるかもしれない」

「どうしたの？　江美さんこそ、今日は何だか変だよ」

「そう？　そこが、年齢《とし》のせいなのかもしれないわ」

江美は、しっかりと西田を抱きしめて、「――成功してね。そして、もっともっと、大きく羽ばたいて」

「そのつもりだよ」

西田は自分の抱える不安を忘れようとするかのように、江美にしがみついて行った……。


――しばらくして、休んでいると、西田のケータイにメールが着信した。

「――何だろう」

と、西田がケータイを手に取る。

「オケの用事？」

「いや……。片山って刑事さんからだ」

「刑事？」

「うん。――明日の夜に、来てほしいって」

と、西田は言った。


「じゃ、今日はここまでにしましょう」

と、仁科が言った。「大分まとまって来ましたね」

「ええ。気持がいいわ」

と、汗を拭きながら、浜田洋子は言った。

何人もで一つの芝居を作っていく。その心地よさに、洋子は目覚めつつあった。

「すてきですね、洋子さん」

稽古を見に来ていたのは、永田あずさだった。

「ありがとう。あなたもどう？」

洋子はペットボトルの水を飲んで、息をついた。

「私、人前じゃしゃべれません」

「そう？」

「私のこと、図々しいと思ってるんでしょ」

「まさか！　あずさちゃんのおかげで、どんなに助かってるか……」

洋子はタオルを首にかけて、「着替えてくるわ」

「ええ、ここにいます」

稽古場の隅《すみ》の椅子にかけていると、

「君は、浜田さんの友達？」

と、演出家の仁科が声をかけた。

「そうですね。仕事でよくご一緒します」

「彼女、優秀なんだろうね」

「ええ、本当のプロですよ。通訳っていってもピンからキリですけど」

「何でも真剣に取り組む人だね」

そう言って、行きかけた仁科は、振り向いて、

「妙なこと訊くけど――浜田さんに恋人はいるの？」

あずさはちょっと目を見開いて、

「ええ、もちろん」

と言った。「どうしてですか？」

「いや……。何でもないんだ」

仁科を見送って、あずさは、

「洋子さんは私のもの……」

と呟いた。

洋子が着替えてやって来る。ケータイを手にしていた。

「どうしたんですか？」

と、あずさが訊くと、

「メールが入ってた。片山さんから」

「あの刑事さんですね。何の用事で？」

「明日の夜、今度の事件の関係者に集まってもらうんですって。何だろう」

「よく推理小説であるやつじゃないですか？　全員集めての謎ときって」

「片山さんが？　何だかピンと来ないけど」

と、洋子は笑顔になって、「あの妹さんの方が名探偵向きかもね。――何か食べて帰りましょうか」

「ええ」

稽古場を出るとき、あずさはチラッと背後を振り返った。

じっと見送っている仁科の姿があった。


「――先生にはぜひ国のために尽くしていただきたいと思います」

と、マイクの前で、酒井久里子は言った。

「私ども〈エステサロン・サカイ〉も、全力で先生を応援して参ります」

よく通る声は、ざわつきのおさまらないパーティ会場にもしっかりと届いた。

拍手が起り、酒井久里子は壇を下りた。

「ありがとうございました！」

三十代半ばの候補者は、深々と頭を下げた。

「いいえ」

と、酒井久里子は言った。「あなたのお母様とは長いお付合いですからね。頼まれれば、断れないわ」

「それはもう……」

「正直、あなたの女遊びには腹を立ててるの。政治家なんて、落選したらただの失業者よ。ちゃんと奥さんとお子さんを大事になさい」

スピーチでほめられていたのに、まさかこんなことを言われるとは思っていなかったのだろう。久里子に手厳しく叱られて、目を白黒させている。

「じゃ、私は予定があるので失礼」

と言うと、久里子はスタッフの出入りするドアからロビーへと出て行った。

ホテルの正面玄関を出ると、待たせてあった車に乗り込み、

「銀座の〈W〉へ行って」

会員制のクラブかと思えば、そういう高級店ではなく、仕事帰りのサラリーマンも立ち寄るような店だ。

久里子のように顔の売れている人間にとっては、会員制のクラブなどは、却って知り合いと出会う機会が多くて疲れるのだ。

「いらっしゃい！」

なじみの主人が、久里子を見て、「どうぞ奥へ」と肯いてみせる。

一見満席だが、奥の隠れたテーブルが、いつも空けてある。

久里子は、そのテーブルに一人で座ると、カウンターの中の主人に肯いてみせる。

お気に入りの料理と日本酒が、黙っていても出てくる。

「心にもないことをしゃべった後は、アルコールで消毒しないと……」

と呟きつつ、コロッケをつまむ。

ケータイが鳴った。

「——もしもし」

「あ……。村山です」

「まあ。もう大丈夫なんですか？」

「お騒がせして」

と、村山は恐縮したように、「あの——片山って刑事から、明日の夜に集まれと言われたんです」

「そうですか？　ああ、何だかメールが入ってますね。これがきっと……」

「大丈夫でしょうか？」

「大丈夫か、ってどういう意味ですか？」

と、久里子は訊いた。

「それが……。私が自殺しかけたりしたもんですから、どうも刑事は私が『殺人』をやったんじゃないかと思ってるようで……」

「そうですか」

「とんでもない話です！」

と、村山は情ないような甲高《かんだか》い声を出した。

「明日、言われるように集まって、そこで、やってもいない殺人を、やったことにされてしまったらどうしようと……。頼りにできるのは、酒井さんだけです」

「そうおっしゃられても……」

久里子は淡々と言った。「何もしていなければ心配することはないでしょう」

「しかし……」

「それに、集まりに出なければ、却って疑われるのでは？　ちゃんと言うことを聞いておいた方がいいですよ」

「なるほど……」

村山は心細い声を出した。

「それは、あの片山という刑事さんは、なかなか優秀だと思いますよ。それに、刑事にしては珍しく、人を見下していません」

「はあ……」

「そうびくびくしていては、却って怪しいと思われますよ。落ちついていらっしゃい」

「分りました。――酒井さんとお話ししたら、少し安心しました」

と、村山は言った。「どうも誰か、あの洞窟で一緒だった人の一人が、あのとき『殺人』を告白したのが、私だったと刑事に言ったらしいんですよ。ひどい奴がいるもんだ！　こんなおとなしい人間をつかまえて」

「怒ってみても仕方ないでしょう」

と、久里子は日本酒を飲みながら言った。

「明日どうなるか、誰も分らないんですからね」

「確かに……。でも、今は五人しか残ってないでしょう。一体誰が私のことを怪しいように告げ口したのか、考えると、口をきく気にもなれません」

「じゃ、もう切りましょうね」

と、久里子は言った。

「いや、あの……」

「あなたが『殺人』の告白をしたんじゃないかと言ったのは私です」

久里子はそう言うと、「では、明日、向うで」

村山が何も言えずにいる内に、切ってしまった。

久里子は、日本酒のグラスを手にして、

「心にもないことを言うのも疲れるけど、本当のことを言うのも面倒ね」

と呟くと、一気にグラスをあけた。

「何だっていうんだ？」

と、橋爪治は思わず眉をひそめて声を上げた。

「どうしたの？」

娘の典子が面食らって、ナイフとフォークを持つ手を止めた。

「いや……。何でもない」

と、橋爪はケータイをテーブルに置くと、

「ともかく食べよう」

「うん……」

典子も、さすがにあまり食欲がなかった。

何しろ、母親が殺されているのを発見したのだから。

加えて、ひたすら頼りにしていた田中一郎は、典子が眠っている間に帰ってしまい、連絡がつかない。

こんなことって……。

しかし、父の橋爪と来たら、妻が殺され、しかも、会社で玉井照子という女が殺されたというのに、

「人間、どんなことがあっても腹はへるもんだ」

と言って、このレストランへ典子を連れて来た。

しっかり分厚いステーキにナイフを入れている父を見て、典子は、おそらくナイフで殺された母親のことを連想してしまうのだった。

「食べないのか？」

と、橋爪が訊く。

「あ……いえ……食べるけど……」

さすがに白身の魚にしたのだが、それでもフレンチなので、やはり脂っこい。

「お父さん、よく食欲あるね」

と、典子は思わず言った。

「何を言う。俺だって辛い」

「本当？」

「もちろんだ。しかし、嘆いていても、母さんは

帰って来ない」

「そりゃそうだけど……。それに、もう一人の女の人も殺されたんでしょ？」

「玉井照子か。とんでもない女だった」

橋爪はステーキを平らげると、「おい、コーヒーをくれ」

と、オーダーした。

「でも、その『とんでもない』女と浮気してたんでしょ？」

「人間、迷うことはある。誰だってそうだ」

身勝手な言い方に、典子は呆れていたが、

「――まあ、私も迷ってたのかな」

と、ひとり言のように、「田中一郎さん、お母さんに雇われてたみたい。――アルバイトで、私を抱いてたのね」

「男なんて、そんなものだ」

「そう簡単に片付けないでよ。傷ついてるんだから」

「俺もだ」

「お父さんのどこが――」

と言いかけて、典子は、父に「自分と一緒にしないでよ」と言いたかったのだが……。

しかし――結局、笑ってしまったのである。

「私、紅茶をストレートで」

と、典子はオーダーした。「何のメールだったの？」

「うん？　――ああ、片山って刑事だ」

「殺された玉井照子って人のこと？」

「いや、今さらと思うが、あの洞窟の真暗な中での体験を再現したいと言って来た」

「へえ！　面白そうね。私も行っていい？」

「行ってどうするんだ？」

「私も洞窟の中で過してみたいの」

「どうせ、大人になれば分るさ」

と、橋爪は言った。「人間、いつも闇の中にいるんだ。明日のことは分らん」

およそ「闇」などとは縁がないとしか思えない父のその言葉を聞いて、典子は妙にさめてしまった。

もちろん、母が殺されている姿を見たというショックもあったが、恋人だと信じていた田中に裏切られたこと——それも、自分の馬鹿さ加減を思い知らされる形で——も大きく典子を変えた。

突然大人になった、というか、ずっと見ていた、長い長い夢からさめた、というのか。目の前の父が他人にしか思えなくなったのである。

「——お父さん、私……」

「何だ?」

「家を出て、一人で暮したい」

あまり考えもしないで、典子はそう口にしていた。

「一人で? ——そうか。まあ、お前ももう子供じゃないしな」

「うん、もう二十歳だもの」

「その田中って男と暮すのか?」

「違うよ! 一人で、って言ったでしょ。田中さんになんか未練ない」

「そうか」

「ちゃんと自分で部屋も捜すよ。大丈夫。やれる」

「やってみろ」

典子は、父が心配するより喜んでいるらしいのを感じて、察した。

お父さん、あの家で一人になれば、また他の女を連れ込めると思ってる。
　こんな人の娘なのかと思うと、典子はちょっと怖くなった……。

22　一筋の光

「本当にここでいいんですか？」

と、浜田洋子は訊いた。

「ええ」

と、片山は肯いて、「ここなら真暗にできます」

「それはそうかもしれませんけど……」

「すみませんね、勝手を言って」

と、片山が言った相手は、浜田洋子を始め、素人演劇を演出している仁科だった。

「今日はうちがここを借りているので、大丈夫です」

と、仁科は言った。

「本来なら稽古なんでしょう？」

と、片山は訊いた。

洋子たちがいつも使っている稽古場。——もちろん、ただ板の間があるだけの空間である。

「今日は、どうせ来られない人が三人いるんでね」

と、仁科が言った。「稽古になるかな、と心配してたんです。却って良かった」

「でも、あの……片山さん、ここの使用料ですが――」

「もちろん払いますとも！」

と、片山は即座に言った。「たぶん、捜査のための必要経費として出してくれると思うんですが。いや、もし出してくれなければ、僕が自分で出します。ご安心下さい」

「分りました」

と、洋子は微笑んで、「でも、あの洞窟って、ちょうどこれくらいの広さでしたかしら？」

「どうですか？」

「もちろん、向うは洞窟ですものね。状況は全然……」

「明りを消してみてもらえますか？」

と、片山が頼むと、

「分りました」

仁科は、入口の方へ行って、「ここにスイッチが」

パシャッと音がして、照明が消えると、中はほぼ真暗になった。

「やあ、これで充分です」

と、片山は言った。

「ニャー」

片山の足下でホームズが鳴く。

再び明りが点いて、

「やあ、きれいな三毛猫ですね」

と、仁科が笑顔になって、「うちにも子供のころ猫がいました」

「猫は暗くても見えますしね」

と、片山は言って、腕時計を見た。「まだ少し早いかな」

「でも、片山さん……」

と、洋子が不安げに、「ここで何をするんですか？」

「いや、深い意味はありません。ただ、そもそものスタートが、あの洞窟だったわけですからね。僕は見ていませんが」

「はあ……。でも、何だか怖いわ」

「大丈夫ですよ」

「ニャー」

「まあ、ホームズさんも元気付けてくれるの？」

と、洋子はホッとしたように笑った。

ドアが、きしんだ音をたてて開くと、

「何です、ここは？」

と、中を見回しながら入って来たのは、橋爪治だった。

「どうもわざわざ」

と、片山は言って、「椅子に適当にかけて下さい」

パイプ椅子が七つ、かなり広い円形に並んでいる。

「じゃ、私も……」

と、洋子が入口に近い椅子にかける。

「あの洞窟とは大分違うな」

と、橋爪は呑気そうに言った。

そして五、六分して、〈エステサロン・サカイ〉の酒井久里子が、堂々たる感じで入って来る。続いて指揮者の西田雄一。

西田は相沢良子と一緒だったが、

「私、外でお待ちしてます」

と、西田の荷物を手に出て行った。

そしてすぐにドアが開いて、また相沢良子が顔を出すと、

「村山さんです」

と、言った。「帰ってしまいそうですよ」

「いや大丈夫です」

と、片山が言うと、

「何をする！　手を放せ！」

と、文句を言いながら村山が入って来た。外に待機している石津刑事に押し込まれて来たのである。

「揃ったようですね」

と、片山は言った。「お忙しいところ、どうも」

「全くだ……」

と、村山が呟くと、

「あんた、今はヒマでしょ」

と、橋爪が言ったので、みんなが笑った。

「本来ならば、空いている二つの椅子には、仲間千枝さんと小泉昭夫さんが座るはずでした」

と、片山が言った。「しかし、お二人は殺されました。同一犯による犯行かどうかは、まだ不明ですが、お二人が一緒だったのは、あの洞窟の中でした」

何となくみんな黙って片山の言葉に聞き入っていた。

もっとも表情は一人一人違っていたが。

おっとりと、この状況を楽しんでいるような酒井久里子。少し苛立《いらだ》っている西田雄一。ふくれっつらで、チラチラと酒井久里子の方をにらんでいる村山貴文。落ちつかない様子の浜田洋子。そして、会社の会議にでも出ているかのように無関心な橋爪治。

「事件の原点に立ち帰る。――今日の集まりの目

と、酒井久里子の声。「地震が来て、おさまってホッとしてたら、突然天井が崩れて来て……。こんな風に真暗になったわ」

「ええ、初めの内は、崩れた石や土砂を掘ろうとしたけど、歯が立たず……」

と、洋子が言った。

「で、色々と文句が……。こんな所へ来ようと言ったのは誰だとか、お互いに言い合ってたわね」

と、久里子が言った。「ともかく一番よくしゃべってたのは——ここにいない、小泉って男じゃなかった?」

「そうだったね」

と、橋爪が言った。「仕事柄、何かしゃべってなきゃいられないっていう……。確か、セールスマンだったろ?」

「そう。そうだったわ。でも、そう聞いてなくて

的はそれだけです」

と、片山は言った。「あの洞窟で皆さんが過した何時間かの間に、事件のきっかけとなることが潜んでいたのかもしれません」

片山は五人を見渡して、

「あのとき、洞窟で何があったのか、思い出して下さい。そのために、ここの明りを……」

片山は、仁科の方へ、「明りを消して下さい」

と、声をかけた。

パシャッと音がして、稽古場は闇に包まれ、居合せた人々に動揺が走った。

「——思い出して下さい」

と、片山は言った。「あの洞窟の中で、あったこと。話したこととか……。何でも結構です」

少し間があって、

「何を話したかって言われてもね」

も、みんな分ったんじゃない？」

と、久里子は言って、「それと、もう一人、怖がってたのは、やはり殺された女の子」

「そうです」

と、西田が言った。「何しろ、一番騒いでたのは、たぶん千枝だった」

「若いんですもの、無理もないわ」

と、洋子が言った。「でも、その子が殺されるなんて……」

「可哀そうだった」

と、西田雄一が付け加えた。「今思えばね。あのときはちょっと閉口したけど」

「そうね。そして私が言い出したんだわ」

と、久里子は言った。「ここに何人いるの、って言って、一人ずつ順番に言って行った。私が一、そして二、三って……。で、七人いるんだって分ったのよ」

「そうだった」

と、橋爪が言った。「その内、誰かが『酸素が失くなる』って言い出して……。何となく口をきかなくなった」

「千枝が眠いって言って、寄りかかって来て……」

「そうだったわ」

と、洋子が言った。「どうなるんだろう、って思ってる内に、本当に少しボーッとして来て……」

片山が、

「怖かったでしょうね」

と言った。

「怖いって感じもなかったようだった……」

と、久里子が言った。「ただ眠くなるだけだったから……。苦しいとか、そんなことは誰も……」

すると、それまで黙っていた村山が、

「おい」

と、突然言った。「ここは大丈夫なのか？　酸素が失くなって……」

「大丈夫ですよ」

と、片山が言った。「ここはちゃんと換気してます。——そうですよね？」

「もちろんです」

と、仁科の声がした。

笑い声が起った。そして——。

「頭がボーッとして来て——」

「で、誰かが言ったんだ。『告白しなきゃ』って」

と、西田が言った。

「そう……。『人を殺した』って……」

と、久里子が呟くように、「でも、半分眠ってるみたいだったから、夢を見てるのかと思ったわ」

そのとき、ハッと息を呑む気配があって、

「私……」

と、洋子が言った。「思い出したわ。あの声を。確かに、どんな声だったか……」

闇の中が、一瞬静まり返った。

そして突然、

「何だ！」

と怒鳴って、村山が、「ワッ！」

と椅子ごと引っくり返ったようだった。

「大丈夫ですか！」

と、片山が言った。「明りを点けて下さい！」

椅子が倒れる音がして、誰もが立ち上った。

「明りを――」

と、片山がもう一度言いかけたとき、明りが点いた。

みんな、椅子から立ち上って、呆然としていた。

「どうしたんだ？」

一人、尻もちをついていた村山が立ち上った。

「誰かに突き当られたんだ」

村山は倒れていた椅子を起すと、他の面々を見渡した。

「――何があったの？」

と、久里子が言った。

「ニャー」

ホームズの鳴き声で、みんながホッとしたように笑った。

「暗い中で、見えていたのはホームズだけね」

と、洋子が言って、「――これ、何？」

自分のすぐそばに落ちている物に気付いて、息を呑んだ。

「触らないで下さい」

と、片山は言った。「あなたは危うく刺されるところでした」

「私が？　どうして――」

と、洋子は目を見開いて、「私があの声を思い出したと言ったからですか？」

「ちゃんとホームズが守ってくれました」

「ニャー」

「そこに……血が？」

と、西田が言った。

ナイフのそばに、滴り落ちたように、二つ三つ、落ちているのは血だった。

「ホームズの爪が、犯人の手を引っかいたんです」

と、片山は言った。

「じゃ……手にけがしてるわけね、犯人は」

と、久里子が言った。「私――けがしてないわよ」

と、両手を差し出して、表裏と返して見せた。

「僕もだ」

と、西田が肩をすくめて、「指揮をする手に傷があっちゃね」

「私もだ。ほら」

と、橋爪が大げさに両手を右へ左へ、振って見せた。

ポカンとしていた村山が、我に返った様子で、

「俺が？　冗談じゃない！」

と、両手を見せた。

「でも……それじゃ誰なの？」

と、洋子は見回して、「誰も手をけがしてないわ」

「いや、そうじゃありません」

と、片山は言った。「一人だけ――」

そのとき、照明が消えて、また真暗になった。

ドアが開いて、一瞬、外の明りが入った。

出て行った誰かが、石津ともみ合った。

「片山さん！　捕まえましたよ！」

と、石津の声がした。

「ちょっと待って下さい」

片山が明りのスイッチを探り当てて入れる。

石津が、その男の腕を取って入って来た。

「まさか！」

と、洋子が叫ぶように言った。「――仁科さん！」

髪の乱れた演出家は、右手首から流れ落ちる血をじっと見つめていた。

「――どういうこと？」

と、久里子が言った。「こんな人、あの洞窟の中にはいなかったわ。あそこには七人しか……」

「実は八人いたんです」

と、片山は言った。「酒井さんが、何人いるかと声をかけたのは、真暗になった後ですね」

「ええ……」

「七人が答えた。でも、一人だけ、沈黙していた人がいたんです」

「でも――仁科さんがどうして？」

と、洋子が言った。

「浜田洋子さんを追って来ていたんです」

「私を？」

「あなたのことを、ずっと好きだったのです。そして知っていた。桂木との関係も。あのホテルで、あなたが桂木と会おうとしていると思って、追って行ったんです」

と、片山は言った。「しかし、桂木は現われなかった。――あなた方が洞窟に出かけて行くのを見て、少し離れてついて行きました。そして一緒に洞窟に閉じ込められてしまった」

「声を出せば、私に分るから……」

「そうです。あんな所までついて行ったと知れたら、あなたに気味悪がられて、嫌われてしまうと思って黙っていた」

「だけど、救出されたときに分ったはずだ」

と、西田が言った。

「そうでしょうか？　大勢の人が救出に駆けつけていたでしょう。救い出す人、救われる人、入り乱れていたはずです。救出に来た人たちの一人のように見せかけることはできたでしょう」

仁科が顔を上げて、

「傷の手当をしてくれないか」

と言った。


「ストーカー?」

と、洋子が言った。「仁科さんが……」

「仁科の過去を当ってみて分ったんです」

と、片山は言った。「これまでにも、仁科はストーカー騒ぎを起しています」

「でも――よくそんなことが分りましたね」

と言ったのは、酒井久里子だった。

仁科克彦が逮捕された翌日、片山と、昨夜集まったメンバーたちは、〈エステサロン・サカイ〉のラウンジに再び顔を合せていた。

片山はちょっと咳払いして、

「いや実はたまたまのことなんですよ」

と言った。「ここにいる妹の晴美が……」

「兄が、洞窟の中みたいに真暗にできる所はないかな、と言ったんです。ちゃんとした部屋じゃなくて、ある程度の広さがあり、外の明りが入って来ない所って考えてたら、ふっと、浜田洋子さんが演劇の稽古をしているって聞いてたことを思い出して」

と、晴美は言った。「たぶん、広さもあるだろうし、どうかしらと言ったんです」

「いい考えだと思って、稽古場に問い合せてみたんですが、『予約が入っている』と言われ……。それで一応仁科さんに訊いてみようと思ったんです」

と、片山は傍《かたわら》のホームズの体を撫《な》でながら言った。「それで、ネットで〈仁科克彦〉を調べて、連絡を取ろうと思いました。すると、たまたま用があってやって来た他の課の刑事が、パソコンの画面を見て、『仁科克彦って、どこかで聞いた名だ』と言ったんです」

「じゃ、前に仁科さんは……」

「調べてみると、ある死亡事件に関連して、事情を訊かれていました。夜遅く、勤め帰りの女性が、高台の道から転落して死んだんです。少し酔っていたこともあって、誤って転落したんだろうと思われました。しかし、その家族から、娘さんがストーカーに悩まされていたという話があって、身の危険を感じていた、と。でも、相手が誰なのか分らなかったんです」

「それが仁科さん……」

「一応、その女性と付合いのあった男性四、五人から話を聞いたんですが、これという決め手もなく、殺人だと断定する証拠もなかったので、結局その死は事故として片付けられたんです。そのとき、その刑事が話を聞いた相手が、仁科だったので、何となく憶えていたんです」

片山はコーヒーをひと口飲んで、「それで、気になったので調べてみました。すると――仁科は東京へ二十歳過ぎに出てくるまで、地方の小さな町に住んでいたんですが、高校生のとき、クラスの女の子を好きになって、付合いを断られてもつけ回し、けがをさせていたことが分ったんです。でも高校生のことですし、本人も反省していたというので、処分はされなかった。それを知っていたら、刑事ももっと調べたでしょう」

洋子は愕然として、

「あの洞窟の中で、『人を殺した』と言ったのは……」

「ええ。その女性を突き落として殺したと認めました」

と、片山は肯いて言った。「洞窟の中で、死を覚悟したとき、天罰だと思ったそうです。それで最後に告白しようと……」

「ところが、助かってしまったわけね」

と、晴美が言った。

「もっと早く、誰の声だったか、気付いていたら……」

と、洋子は首を振って言った。「でも――昨日私を殺そうとしたのは、告白したのが自分だと知られるかもしれないと思ったからですね？　でも――あの二人、仲間千枝さんと小泉さんのことは……」

「あなたが桂木と会おうとしていると思って、同じホテルにやって来た仁科は、もちろん目立たないようにしていたんですが、夜、ホテルを出てバーで飲んでいるとき、酔って話しかけて来たのが仲間千枝さんだったんです。西田さんは酔うと眠ってしまうそうで、つまらなかったんでしょう。仁科も、まさか同じホテルの客だと思わずに話し相手になったんですが……」

「じゃ、洞窟へ行くときに――」

「彼女がいるのを見て、気が付いたんですね。そして、仁科はあなたに気付かれないように、遅れて歩いていたんですが、小泉さんはわざわざ仁科に話しかけて来たそうです。誰とでも話をしたがる人だったんでしょう」

と、片山は言った。「他の人たちとは、顔も合せていなかった。でも、何とか人の目をごまかしたものの、後になって、もしその二人が自分のことを憶えていたら、と怖くなったんです。二人は仁科の声も聞いていた。しかし、殺さなくても、告白と仁科を結びつけて考えはしなかったでしょうがね、二人とも」

　洋子はため息をついて、

「私が仁科さんに素気《そっけ》なくしなかったら、あんなことには……」

　と言った。

「あなたが自分を責める必要はないわよ」

　と言ったのは、酒井久里子だった。「惚れた方には責任があっても、惚れられた方には責任はないのよ」

「ありがとうございます」

　と、洋子は久里子を見て微笑んだ。

「千枝は仁科の顔を憶えてたんですね」

　と、西田が言った。

「ええ。仁科と顔を合せて『あら』と言った。――仁科はそれを聞いて、やってしまったと……」

「可哀そうに」

　と、西田は言った。「あんなに明るい子だったのに」

「それじゃ、桂木さんを殺したのも仁科さんですか？」

「桂木さんがあなたをもてあそんで捨てたと知っていたんです。しかも、あなたを脅したりしていた。ＴＶであなたを非難するのを見て、許せなかった」

　と、片山は言った。「もう二人も殺してしまっていたので、三人目はためらわなかったんですね。そして昨日、あの暗闇の再現をすると聞いたとき、仁科は自分を捕える罠《わな》だと察したようです」

「そんなに洋子さんのことが好きだったのに、殺そうと？」

　と、久里子がふしぎそうに言った。

「告白しました。洋子さんを殺して、自分も胸を刺して死ぬつもりだったと」

「まあ……」

洋子は言葉を失っていた。

「——怖いことだったわね」

と、久里子が言った。「この年齢《とし》になっても、殺されるのは怖いわ。大体、痛いことって苦手なの」

そう言って、久里子がコーヒーカップを取り上げたとき、ラウンジの入口で、

「痛い！　やめてくれ！　痛いのは苦手なんだ！」

という甲高い男の声がした。

入口の方を見て、橋爪がびっくりした。

「典子！　どうしたんだ？」

橋爪典子が男を突き飛ばし、床へ転して、

「こいつがお母さんを殺したのよ！」

と叫ぶように言った。「白状しなさい！」

「やめてくれ！　分った！　分ったから」

典子にお腹をけとばされて泣き声を上げているのは、元恋人の田中一郎だった。

「本当に？」

と、晴美が言うと、

「お金が欲しくて、私をホテルに誘って来たの。私、腹が立ったけど、こいつの本音を聞き出してやろうと思って、喜んで抱かれるふりをしたの。そしたら、こいつ、抱きながら、『さつきさん！』って口走ったのよ。そして自分で気付いて青くなった。それを見て分ったの。こいつがお母さんを殺したんだって。お父さんがここに来てるって聞いてたから、引張って来た」

典子は田中の髪の毛を引張った。

「痛い！　やめてくれ！」

「情ない奴！」

と、典子は吐き捨てるように言って、「お父さんも一発殴る？」

と訊いた。

「結局、お金の問題だったのね」

と、典子が言った。「お母さん、私のことを田中に見張らせて、関係まで持たせてる内に、自分が田中に溺れて行ったんだわ」

「その責任は、橋爪さん、あなたにもあります」

と、片山は言った。

石津刑事がラウンジへ駆けつけて、田中一郎を連行して行った。典子はそのとき、

「レントゲン、撮ってやって。あばらの一本や二本折れてるかも……」

と頼んでいた。

「――そうよ。お父さんが平気で女を作ってたから、お母さんだって……」

「しかし――さつきは大して気にしてないと思ってたんだ」

と、橋爪が渋い顔で言った。

「表の顔しか見てなかったのよ。お父さんはうわべだけの人だから、人の痛みも分らないんだわ」

典子の手厳しい言葉に、橋爪は何とも言い返せなかった。

片山のケータイが鳴って、片山は話を聞いていたが――。

「橋爪さん」

と、通話を切ってから、「あなたは、部下の竹下百合さんとも関係が？」

「は……。いや……彼女が私のことを心配してく

れたもので……。でも、もう別れることにしたんです！　あの子はまだ若い。私と係《かかずら》ってたんじゃ、いい相手を逃してしまうだろうと……。少しまとまったお金を渡して、別れようと……」

　典子が呆れて、

「お父さんったら……」

「いや、彼女もちゃんと納得してくれたんだ。お金も受け取ってくれて……」

「橋爪さん」

　と、片山が言った。「竹下百合さんが自殺しようとしたそうです。カミソリで手首を切って」

「え？」

　橋爪が唖然とする。「そんな……。そんな風には見えませんでしたが……」

「幸い発見が早くて、命に別状はないとのことです」

「良かった！」

　橋爪は胸をなで下ろしたが、

「それが、良くないんです。自白しました。玉井照子さんを殺したと」

「――何ですって！」

「あの状況で、確かに殺せたのは竹下百合さんしかいません」

　と、片山は言った。「玉井照子さんをドアの外に待たせておき、手にナイフを隠し持って、ドアを開けると、正面から玉井照子さんの胸を刺し、同時に叫び声を上げたんです。中にいた我々には、竹下百合さんの体に隠れて、刺されるところは見えなかった。倒れかかって来た玉井さんが折り重なるようにテーブルの上に倒れて、こぼれたコーヒーと血とで、辺《あた》りは大変なことになった。百合さんは、凶器を胸の間に隠したんです。誰も、血とコーヒーで服がびしょ濡れになった彼女の体を調べなかった」

「じゃ……それもお父さんのために？」

　と、典子が言った。

「待ってくれ。——俺はそんなつもりで……殺してくれなんて頼んでない！」

「でも、間違いなく、お父さんを救おうとしたんでしょ。一千万円も要求されて困ってるお父さんを助けたいと……」

「しかし……そう言われても……」

　橋爪はただ頭を抱えるばかりだった。

「お父さん」

　と、典子がため息をついて、言った。「修道院に入ったら？」

23 新たな一歩

　タクトを振り下ろしたとき、西田雄一は頭から水を浴びたような汗をかいていた。

　——終った。

　永遠に続くかと思った、オペラ〈炎の天使〉が、ともかく終った。

　沈黙があった。

　終ったんだ、と西田は思った。オペラも終り、僕のキャリアも終った。

　何もかも——すべてがうまく行かなかった。リハーサルとまるで違うテンポで歌手は歌い、西田はそれについて行くので必死だった。

　オーケストラも、精一杯頑張ってはくれたが、西田自身が一体何をやっているのか分らないようでは、演奏のしようがないだろう。

　エキストラが舞台へ出るタイミングを間違えた。床に真直ぐ立っているはずの十字架が、誰か出演者がぶつかって斜めになってしまって、ラストまで、そのままだった。

コーラスは全く西田の棒を見ていなかった。

――一体僕は何をやってるんだ？

意図した舞台、演出家がイメージしていた人物とも程遠い出来上りになってしまった！

おしまいだ。――初日で、もう次はないだろう。二日目からはすべてキャンセル。

嘲笑《ちょうしょう》と非難が待っているのだ。そして、公演にかけたお金は……。

拍手一つないのは分るが、なぜか会場は静まり返って、「ブーイング」も聞こえて来ない。

みんな呆れて、ブーイングする気にもなれないのか？

それとも、あまりに退屈で、みんな眠ってしまったのかな？　子守唄には、プロコフィエフの音楽はちょっとやかましいけど……。

そのとき――。

拍手が――そして「ブラボー！」の大波がオーケストラピットの西田の背後から襲いかかって来た。

え？　――何だ？　どうしたんだ？

コンサートマスターの女性が、笑顔で西田に「早く後ろを向いて！」と叫んでいる。

西田はゆっくりと客席の方を振り返った。

みんなが立ち上って、拍手している。――これは何だ？　幻か？

「ステージに行って！」

と、オケの誰かが怒鳴った。

「ああ……。うん……」

オケのメンバーと握手しながら、西田はオーケストラピットを出た。

舞台の袖《そで》で、相沢良子が待っていた。

「お疲れさまです」

冷たいおしぼりを渡してくれる。汗まみれの顔を拭くのは最高に気持良かった！

「ありがとう」

「おめでとうございます」

と、良子は言った。「ほら、次はあなたを迎えに来ますよ！」

オペラのカーテンコールは、コーラスがあって、次に主な歌手。

そして、そこからソプラノ歌手が袖にいる指揮者を迎えに来て、一緒に舞台に出ることになっているのだ。

「さあ！」

リハーサル中、文句ばかり言って、演出家とケンカしまくっていたソプラノが、西田の手をつかんで、「良かったわよ、なかなか」

と、笑顔で言った。

この人、笑えるんだ、と西田はびっくりした。初めて見る笑顔だった。

舞台へ出て行くと、会場を満たした拍手と歓声は一段と大きくなった。

「ありがとう！」

と、西田はピットのオケに呼びかけた。

そして合図して、全員を立たせる。

演出家も、舞台に出て来た。

殴られるかと思ったが――意外にも、固く西田の手を握りしめて、

「良かったよ！　期待以上だ！」

それって――ほとんど期待されてなかった、ってこと？

でも――ともかく、やっと西田には今日の公演

が成功だったらしいと分って来た。

本当か？　これは夢じゃないのか？

しかし、べったりと汗で背中に貼り付くシャツの感触は、とてもリアルだった……。

シャワーを浴びて、用意してあったものに着替える。下着からすべてだ。

「――お疲れさまでした」

人気《ひとけ》のなくなったホールの楽屋に、相沢良子が待っていた。

「やあ、色々ありがとう」

と、西田は言った。「トラの手配も大変だったろ？」

「でも、みんな喜んでましたよ」

「そうか。いや……君にも、ずいぶん勝手なことを言ってしまったけど――」

「そういう話は、全部の公演が終ってからにして下さい」

と、良子は遮って言った。「まだ一日しか終ってないんですよ」

「そうだった」

オペラ歌手は毎日は歌えない。次の公演は、中一日置いてだ。

「ロビーでお客様が」

「え？」

――ロビーに出ると、岡本江美が一人で待っていた。

「来てくれてたんだ」

「忙しかったけど、やっぱり投資の効果を確かめないとね」

「本当に君のおかげだ。みんなに代ってお礼を言うよ」

と、西田は言った。「最終日まで、頑張り抜くよ」

「そうね」

「チケットが――」

と、良子が声をかけて来た。「今夜の公演の評判で、他日のチケット、今、凄い勢いでネットで売れてます」

「良かったわ」

と、江美が言って、「ただね……。もうこの先、あなたの力にはなれないと思うの」

「どうして？」

「たぶん……私が刑務所に入ることになるから」

「何だって？　何があったの？」

「あなたの……大事な人のことよ」

「それって……」

「今田秋さんっていう子」

「秋だって？　彼女がどうしたか、知ってるの？」

「ええ。私が――」

と、江美が言いかけたとき、

「私のお話ですか」

と、声がして、少し照明の落ちたロビーを、松《まっ》葉《ば》杖《づえ》を突いて現われたのは、今田秋だった。

「まあ！」

江美は息を呑んで、「あなた――生きてたの？」

「ご覧の通りです」

「秋、どういうこと？」

「私、岡本さんと車の中で話してたんです」

と秋は言った。「そしたら――私、ああいう高級車に慣れてないもんだから、間違ってドアを開けて、外へ転り落ちてしまったんです」

秋はちょっと笑って、

「幸い、他の車にひかれたりしなかったんで、脚の骨折ですんだんです」

「良かったわ……」

江美は秋の手を取ると、「必ず治してあげる」

「それより、これからも西田さんのオーケストラを援助してあげて下さい」

「ええ、もちろん……」

江美は、秋の頬にキスすると、「二人の結婚式も、私が取り仕切ってあげる！」

と、明るい声で言った。

「ウーン……」

しばし、唸《うな》り声がテーブルの上を行き交《か》った。

「ニャー」

と、ホームズが真先に声を上げた。

「熱演だったわね」

と、晴美が言った。

「うん、それは俺にも分った」

と、片山が言った。

「僕もです」

と、石津が言ったが、

「お前、ずっと寝てたじゃないか」

「はあ。眠くなるほど感動していました」

「何だ、それは？」

――全員が、〈炎の天使〉初日に招待されていたのである。

「まあ、無理しても仕方ないわ」

と、晴美が言った。「分るところも、分らないところもあっていいのよ」

「そうだな」

と、片山は肯いた。

オペラの帰り、遅くまで開いている中華料理店に入って、オーダーはすませてしまっていた。

　そして、各々《おのおの》〈炎の天使〉について語り合おうということになったのだが……。

「でも拍手も『ブラボー』も凄かったじゃない？　西田さんもホッとしてるでしょ」

「俺もだ」

　と、片山は肯いて、「一度見たら、もう見ないだろうしな」

「ニャー」

「ホームズが『同感』って言ってるわ」

「本当か？」

　みんなが笑った。そして最初の料理が出て来ると、しばし沈黙した。

　料理は回鍋肉《ホイコーロー》。——至って「分りやすい」料理に、みんな食べることに専念した。


——岡本江美に車から突き落とされた今田秋は脚を骨折しながら、何とか病院に辿り着いた。その後、片山に連絡して来たのだが、

「岡本さんを逮捕しないで下さい」

　と、くり返し頼んだのだ。

　それはもちろん、岡本江美が逮捕されたら西田の悲願であるオペラが上演できなくなってしまうからだ。

　片山は、秋をホームから突き落とそうとした男、そして秋のアパートを解約した男が、どちらも写真ではあるが、おそらく同じ男で、江美のグループ企業の下請けの社員だということも突き止めた。

　しかし、秋の哀願を拒み切れず、オペラ初日を待つことにしたのである。

　そして、上演後の、秋と江美の対話を、そっと隠れて聞いていた。秋はきっと「自分が誤って車から落ちた」と言い張るだろう……。

――少しお腹が落ちつくと、

「あの洞窟は、どうなってるの、今？」

と、晴美が言った。

「立入禁止だ。またいつ崩れてくるか分らないからな」

「現場検証は？」

「アッという間に終った。それに、あそこで人が殺されたわけじゃないしな」

「地震で崩れたりしなければ、殺されずにすんだ人も……」

「そうだな。――天然の洞窟の闇より、人間の心の闇の方が深い」

「お腹の洞窟は、まだ余裕があります」

と、石津が言った。

――心の闇と縁のなさそうな奴もいる、と片山は思った。


次の料理が来て、片山たちは張り切って座り直した……。

初出　「小説宝石」二〇二一年五月号～二〇二二年十一月号

本書の電子化は私的使用に限り、著作権法上認められています。ただし代行業者等の第三者による電子データ化及び電子書籍化は、いかなる場合も認められておりません。

◎お願い◎

この本をお読みになって、どんな感想をもたれたでしょうか。

「読後の感想」を左記あてにお送りいただけましたら、ありがたく存じます。

なお、「カッパ・ノベルス」にかぎらず、最近、どんな小説を読まれたでしょうか。また、今後、どんな小説をお読みになりたいでしょうか。読みたい作家の名前もお書きくわえいただけませんか。

どの本にも一字でも誤植がないようにつとめておりますが、もしお気づきの点がありましたら、お教えください。ご職業、ご年齢などもお書き添えくだされば幸せに存じます。当社の規定により本来の目的以外に使用せず、大切に扱わせていただきます。

東京都文京区音羽一—一六—六
郵便番号　一一二—八〇一一
光文社　文芸編集部

三毛猫《みけねこ》ホームズと炎《ほのお》の天使《てんし》

2023年2月28日　初版1刷発行

著者　赤川次郎《あかがわじろう》
発行者　三宅貴久
組版　萩原印刷
印刷所　萩原印刷
製本所　ナショナル製本
発行所　株式会社光文社
東京都文京区音羽1-16-6
電話　編集部　03-5395-8254
書籍販売部　03-5395-8116
業務部　03-5395-8125
URL　光文社 https://www.kobunsha.com/

落丁本・乱丁本は業務部へご連絡くだされば、お取り替えいたします。

©Akagawa Jiro 2023

ISBN978-4-334-07751-8

Printed in Japan

R ＜日本複製権センター委託出版物＞
本書の無断複写複製（コピー）は著作権法上での例外を除き禁じられています。本書をコピーされる場合は、そのつど事前に、日本複製権センター（☎03-6809-1281、e-mail:jrrc_info@jrrc.or.jp）の許諾を得てください。

「カッパ・ノベルス」誕生のことば

カッパ・ブックス　Kappa Booksの姉妹シリーズが生まれた。カッパ・ブックスは書下ろしのノン・フィクション（非小説）を主体としたが、カッパ・ノベルス Kappa Novelsは、その名のごとく長編小説を主体として出版される。

もともとノベルとは、ニューとか、ニューズと語源を同じくしている。新しいもの、新奇なもの、はやりもの、つまりは、新しい事実の物語というところから出ている。今日われわれが生活している時代の「詩と真実」を描き出す――そういう長編小説を編集していきたい。これがカッパ・ノベルスの念願である。

したがって、小説のジャンルは、一方に片寄らず、日本的風土の上に生まれた、いろいろの傾向、さまざまな種類を包蔵したものでありたい。かくて、カッパ・ノベルスは、文学を一部の愛好家だけのものから開放して、より広く、より多くの同時代人に愛され、親しまれるものとなるように努力したい。読み終えて、人それぞれに「ああ、おもしろかった」と感じられれば、私どもの喜び、これにすぎるものはない。

昭和三十四年十二月二十五日

KAPPA NOVELS

『三毛猫ホームズ』シリーズ 刊行リスト

三毛猫ホームズの推理
【カッパ・ノベルス版】1978年4月刊行 【光文社文庫版】1985年3月刊行

三毛猫ホームズの追跡
【カッパ・ノベルス版】1979年8月刊行 【光文社文庫版】1984年11月刊行

三毛猫ホームズの怪談
【カッパ・ノベルス版】1980年12月刊行 【光文社文庫版】1985年6月刊行

三毛猫ホームズの狂死曲《ラプソディー》
【カッパ・ノベルス版】1981年6月刊行 【光文社文庫版】1985年1月刊行

三毛猫ホームズの駈落《かけお》ち
【カッパ・ノベルス版】1981年11月刊行 【光文社文庫版】1985年10月刊行

三毛猫ホームズの恐怖館
【カッパ・ノベルス版】1982年7月刊行 【光文社文庫版】1985年7月刊行

三毛猫ホームズの運動会
【カッパ・ノベルス版】1983年3月刊行 【光文社文庫版】1987年3月刊行

三毛猫ホームズの騎士道
【カッパ・ノベルス版】1983年9月刊行 【光文社文庫版】1986年10月刊行

三毛猫ホームズのびっくり箱
【カッパ・ノベルス版】1984年2月刊行 【光文社文庫版】1987年4月刊行

三毛猫ホームズのクリスマス
【カッパ・ノベルス版】1984年12月刊行 【光文社文庫版】1987年12月刊行

三毛猫ホームズの幽霊クラブ
【カッパ・ノベルス版】1985年11月刊行 【光文社文庫版】1990年1月刊行

三毛猫ホームズの感傷旅行
【カッパ・ノベルス版】1986年4月刊行 【光文社文庫版】1989年4月刊行

三毛猫ホームズの歌劇場《オペラハウス》
【カッパ・ノベルス版】1986年10月刊行　【光文社文庫版】1989年12月刊行

三毛猫ホームズの登山列車
【カッパ・ノベルス版】1987年11月刊行　【光文社文庫版】1990年12月刊行

三毛猫ホームズと愛の花束
【カッパ・ノベルス版】1988年1月刊行　【光文社文庫版】1991年4月刊行

三毛猫ホームズの騒霊騒動《ポルターガイスト》
【カッパ・ノベルス版】1988年7月刊行　【光文社文庫版】1991年12月刊行

三毛猫ホームズのプリマドンナ
【カッパ・ノベルス版】1989年1月刊行　【光文社文庫版】1992年4月刊行

三毛猫ホームズの四季
【カッパ・ノベルス版】1990年1月刊行　【光文社文庫版】1993年4月刊行

三毛猫ホームズの黄昏ホテル
【カッパ・ノベルス版】1990年11月刊行　【光文社文庫版】1993年12月刊行

三毛猫ホームズの犯罪学講座
【カッパ・ノベルス版】1991年5月刊行　【光文社文庫版】1994年7月刊行

三毛猫ホームズのフーガ
【カッパ・ノベルス版】1991年12月刊行　【光文社文庫版】1994年12月刊行

三毛猫ホームズの傾向と対策
【カッパ・ノベルス版】1992年8月刊行　【光文社文庫版】1995年7月刊行

三毛猫ホームズの家出
【カッパ・ノベルス版】1992年12月刊行　【光文社文庫版】1996年2月刊行

三毛猫ホームズの心中海岸
【カッパ・ノベルス版】1993年7月刊行　【光文社文庫版】1996年12月刊行

三毛猫ホームズの〈卒業〉
【カッパ・ノベルス版】1993年12月刊行　【光文社文庫版】1997年2月刊行

三毛猫ホームズの安息日
【カッパ・ノベルス版】1994年5月刊行　【光文社文庫版】1997年11月刊行

三毛猫ホームズの世紀末
【カッパ・ノベルス版】1995年3月刊行　【光文社文庫版】1998年5月刊行

三毛猫ホームズの正誤表
【カッパ・ノベルス版】1995年11月刊行　【光文社文庫版】1998年12月刊行

三毛猫ホームズの好敵手《ライバル》
【カッパ・ノベルス版】1996年4月刊行　【光文社文庫版】1999年4月刊行

三毛猫ホームズの失楽園
【カッパ・ノベルス版】1996年11月刊行　【光文社文庫版】1999年11月刊行

三毛猫ホームズの無人島
【カッパ・ノベルス版】1997年4月刊行　【光文社文庫版】2000年3月刊行

三毛猫ホームズの四捨五入
【カッパ・ノベルス版】1997年12月刊行　【光文社文庫版】2001年2月刊行

三毛猫ホームズの暗闇
【カッパ・ノベルス版】1998年5月刊行　【光文社文庫版】2001年7月刊行

三毛猫ホームズの大改装《リニューアル》
【カッパ・ノベルス版】1998年12月刊行　【光文社文庫版】2001年12月刊行

三毛猫ホームズの恋占い
【カッパ・ノベルス版】1999年7月刊行　【光文社文庫版】2002年12月刊行

三毛猫ホームズの最後の審判
【カッパ・ノベルス版】2000年1月刊行　【光文社文庫版】2003年4月刊行

三毛猫ホームズの花嫁人形
【カッパ・ノベルス版】2001年4月刊行　【光文社文庫版】2004年4月刊行

三毛猫ホームズの仮面劇場
【カッパ・ノベルス版】2002年4月刊行　【光文社文庫版】2005年4月刊行

三毛猫ホームズの戦争と平和
【カッパ・ノベルス版】2002年12月刊行　【光文社文庫版】2006年4月刊行

三毛猫ホームズの卒業論文
【カッパ・ノベルス版】2003年10月刊行　【光文社文庫版】2007年4月刊行

三毛猫ホームズの降霊会
【カッパ・ノベルス版】2005年1月刊行　【光文社文庫版】2008年4月刊行

三毛猫ホームズの危険な火遊び
【カッパ・ノベルス版】2006年2月刊行　【光文社文庫版】2009年2月刊行

三毛猫ホームズの暗黒迷路
【カッパ・ノベルス版】2007年3月刊行　【光文社文庫版】2010年4月刊行

三毛猫ホームズの茶話会
【カッパ・ノベルス版】2008年2月刊行　【光文社文庫版】2011年4月刊行

三毛猫ホームズの十字路
【カッパ・ノベルス版】2009年5月刊行　【光文社文庫版】2012年3月刊行

三毛猫ホームズの用心棒
【カッパ・ノベルス版】2009年12月刊行　【光文社文庫版】2013年4月刊行

三毛猫ホームズは階段を上る
【カッパ・ノベルス版】2011年2月刊行　【光文社文庫版】2014年2月刊行

三毛猫ホームズの夢紀行
【カッパ・ノベルス版】2012年4月刊行　【光文社文庫版】2015年2月刊行

三毛猫ホームズの闇将軍
【カッパ・ノベルス版】2013年6月刊行　【光文社文庫版】2016年4月刊行

三毛猫ホームズの回り舞台
【カッパ・ノベルス版】2015年5月刊行　【光文社文庫版】2018年2月刊行

三毛猫ホームズの証言台
【カッパ・ノベルス版】2016年12月刊行　【光文社文庫版】2019年4月刊行

三毛猫ホームズの復活祭
【カッパ・ノベルス版】2018年5月刊行　【光文社文庫版】2020年5月刊行

三毛猫ホームズの裁きの日
【カッパ・ノベルス版】2019年11月刊行　【光文社文庫版】2021年4月刊行

三毛猫ホームズの懸賞金
【カッパ・ノベルス版】2021年6月刊行　【光文社文庫版】2023年4月刊行予定

三毛猫ホームズと炎の天使（本書）
【カッパ・ノベルス版】2023年2月刊行